Sensual

Was Frauen begehren

ZUM BUCH:

Was Frauen begehren - Sensual

Christin trifft in einem Edel-Club auf den unkonventionellen
Studenten Niklas. Sie vergisst schnell, dass sie eigentlich verheiratet ist und ihrem Mann treu bleiben sollte. Sie stürzt sich Hals
über Kopf in einen One-Night-Stand. Als ihr Ehemann auf Geschäftsreise geht, gerät sie mehr und mehr in einen faszinieren-
den Strudel aus Leidenschaft und Begierde. Christin nimmt sich,
was sie braucht, und erliegt hemmungslos ihren Gefühlen. Am
Ende der turbulenten Woche muss sie jedoch eine wichtige Entscheidung treffen: Affäre, Ehemann oder beides?

SANNAH SCOTT

SENSUAL

Was Frauen begehren

FSC
www.fsc.org
MIX
Papier aus ver-
antwortungsvollen
Quellen
Paper from
responsible sources
FSC® C105338

Impressum

Umschlaggestaltung & Buchsatz:
© S. Hinrichs

Herstellung und Verlag: BoD - Books on Demand, Norderstedt

ISBN Taschenbuch: 978-3-7534-7656-8

Bibliografische Information der Deutschen Nationalbibliothek: Die Deutsche Nationalbibliothek verzeichnet diese Publikation in der Deutschen Nationalbibliografie; detaillierte bibliografische Daten sind im Internet über http://dnb.d-nb.de abrufbar.

Donnerstag

Alles begann an einem ganz normalen Donnerstag. Zu dem Zeitpunkt ahnte ich noch nicht, dass der bevorstehende Frauenabend mit meiner besten Freundin Emma mein bisher eher konservatives Eheleben gehörig durcheinanderbringen würde. Bis zu diesem Tag wusste ich noch nichts von der anderen, durchtriebenen Seite.

Ich hatte seit fünf Jahren einen liebevollen Ehemann, der als erfolgreicher Architekt viel Zeit im Büro und auf Geschäftsreisen verbrachte. Ich machte ihm keinen Vorwurf deswegen. Er brannte für seinen Job und ermöglichte der kleinen Familie dadurch eine schicke Designer-Wohnung im obersten Stockwerk eines modernen Architektenhauses. Er vergötterte unsere dreijährige Tochter Lisa über alles. An den Wochenenden spielten und tollten die beiden oft unbeschwert zusammen umher. Eben ein Super-Daddy.

Doch das Sexleben flachte seit der Geburt bedauerlicherweise ab. Abends kam er oft erschöpft nach Hause, zu müde, um noch einmal ordentlich Gas zu geben. Ich arbeitete mittlerweile erneut halbtags bei einem Makler, holte anschließend das Töchterchen aus dem Kindergarten und erledigte hinterher die Hausarbeit. Alltagstrott. Tagein, tagaus. Streng genommen hatte ich alles, was sich andere Frauen wünschten, jedoch fehlte mir ab und an das Spontane. Ausgehen, unbeschwert um die Häuser ziehen.

Dementsprechend freute ich mich auch wahnsinnig auf den heutigen Abend. Ich traf nachher meine beste Freundin Emma. Wir wollten essen gehen und anschließend einen modernen Klub in der Stadt inspizieren. Emmas Vorschlag. Mir war es egal, Hauptsache, mal wieder raus aus dem Trott. Sie meinte, der Klub sei etwas edler und würde uns in unserem Alter bestimmt sehr gut gefallen.

In unserem Alter, dachte ich und strich unwirsch eine kaffeebraune Haarsträhne hinter das Ohr. Mit 32 gehöre ich ja wohl noch nicht zum alten Eisen!

Kritisch beäugte ich mich im Schlafzimmerspiegel. Blitzende rehbraune Augen mit einem unwiderstehlich dichten Wimpernkranz starrten mir entgegen, musterten jeden Zentimeter der weiblichen Rundungen. Die schulterlangen Haare umspielten in einer lässigen Bob-Frisur das herzförmige Gesicht. Besonders stolz war ich auf die voluminösen Lippen, die ich probehalber zu einem lasziven Schmollmund formte. Die Brüste zeichneten sich deutlich unter dem eng anliegenden Rollkragenpullover ab. Die hautengen Leggins betonten perfekt die langen Beine. Zufrieden posierte ich vor dem Spiegel.

Auch in meinem Alter kann ich mich sehen lassen.

Prüfend durchforstete ich den Kleiderschrank.

Was soll ich bloß anziehen?

Vor allen Dingen war der Klub ja etwas edler. Unschlüssig warf ich ein paar Kleidungsstücke aufs Bett. Ein bunter Kleiderhaufen: von konservativ bis super-sexy. Minirock, Etui-Kleid oder Kostüm? Was war das passende Out-Fit? Da ich den Klub nicht kannte, wählte ich kurz entschlossen die goldene Mitte. Ein dünnes Träger-Top, ein blass grauer kurzer Rock, schwarzer

Spitzen-BH mit dem dazu gehörenden String und halterlose, dunkle Strümpfe.

Ich sah auf die Uhr und erschrak: höchste Zeit, Beeilung! Emma würde in einer halben Stunde auf der Matte stehen, um mich abzuholen. Also schleunigst unter die Dusche. Besonderen Wert legte ich auf die samtige Lustgrotte. Sorgfältig rasierte ich den Venushügel, bis nur noch ein zierlicher Streifen in der Mitte übrig blieb.

Neckisch, wie er den Weg zu meinem Schatz weist.

Rasch geschminkt und ab in die Klamotten. Da ich von Natur aus gesegnet war, benötigte ich nur einen Hauch Schminke, um mich ordentlich zur Geltung zu bringen. Kajal um die Augen, dunkle Wimperntusche und den rosé Lippenstift für den Mund: Perfekt! Ich sah zum Anbeißen aus. Einen letzten prüfenden Blick in den Spiegel geworfen und ich huschte hinüber zum Schlafzimmer, um mich anzuziehen.

Lisa hockte auf dem Flauschteppich vor dem Ehebett und spielte mit meinem String, den ich vorhin herausgelegt hatte. Nur widerwillig gab sie ihn mir zurück und zog einen Schmollmund. Da sie zum Glück ein pflegeleichtes Kind war, fand sie sofort Ersatz und zog vergnügt an den Bommeln des Teppichs. Erleichtert schlüpfte ich in den Slip.

Ein wahnsinniges Gefühl auf dieser glattrasierten Muschi.

Das erregte mich doch etwas, aber ich hatte keine Zeit, mir darüber Gedanken zu machen. Auf zum nächsten Kleidungsstück. Ich setzte mich auf die Bettkante und zog vorsichtig die bereitliegenden schwarzen, halterlosen Strümpfe an. Erst links, dann rechts. Anschließend zupfte ich sie reizvoll nach oben. Im Spiegel betrachtete ich wohlwollend das ansprechende Profil.

Kein Wunder, dass Volker bei dem Anblick sofort einen Steifen bekommt.

Ich grinste, während ich zügig den BH, das Top und den grauen Rock überstreifte, den Reißverschluss in die passende Position drehte.

Wow, sitzt der perfekt!

Er bedeckte die Hälfte der Oberschenkel und schmiegte sich schmeichelnd an die Rundungen der Pobacken an. Ich prüfte, was passierte, wenn ich mich hinsetzte, und stellte fest, dass alles in Ordnung war. Niemand würde die Ränder meiner Strümpfe sehen können.

»Holla, was ist denn mit dir los? Wenn ich dich so ansehe, könnte ich denken, dass du ein Date hast.«

Überrascht drehte ich mich zur Schlafzimmertür um. Volker stand im Türrahmen und musterte mich ungeniert von oben bis hinab zu den Zehenspitzen. Immer noch lächelnd kam er zu mir und küsste mich leidenschaftlich. Wie selbstverständlich wanderte eine Hand hinunter und streichelte zärtlich den Oberschenkel. Sachte schob er den Rock herauf, bis er mit einem breiten Grinsen den Rand meiner Strümpfe ertastete.

Obwohl ich diese Art der Berührung liebte, drückte ich die Handfläche sanft, aber bestimmt, weg. »Das muss bis später warten«, raunte ich ihm hauchzart ins Ohr, während ich mich an ihm vorbei in den Flur schlängelte. Dabei fühlte ich deutlich die Beule in seiner Hose.

Oh Mann, habe ich die etwa in dem kurzen Augenblick verursacht? Keine Zeit für Zwischenspiele.

In diesem Moment klingelte es: Emma. Volker öffnete, mit Lisa auf dem Arm, galant die Tür und begrüßte sie lässig. Auch ich empfing sie mit einer herzlichen Umarmung und einem Küsschen auf die Wange.

Sie sah heiß aus. Sie trug eine helle Bluse, durch die der BH deutlich schimmerte. Dazu einen roten, knielangen Rock, der die ellenlangen Beine erstklassig zur Schau stellte. Ihre Füße steckten in hochhackigen Pumps. Ich entschied mich kurzerhand für meine schwarzen Stiefel und warf zügig den dunklen Trenchcoat über.

»Viel Spaß euch beiden!«, wünschte uns Volker mit einem Augenzwinkern. »Und treibt's nicht zu doll.«

Wie angebracht dieser daher gesagte Ausspruch sein sollte, ahnte ich in dem Augenblick natürlich nicht. Ich drückte ihm einen flüchtigen Kuss auf den Mund, winkte Lisa zum Abschied zu und los ging's.

In Emmas Auto fuhren wir vergnügt zum Lieblingsitaliener in die Stadt. Beim Essen redeten wir in einer Tour, da wir uns bereits länger nicht gesehen hatten. Sie war Single, mit allen Wassern gewaschen und führte ein turbulentes Leben. Sie schleppt die Kerle reihenweise ab. Zeitweise beneidete ich sie sogar ein wenig. Wenn ich dann aber an Volker und mein Engelchen dachte, verflog der Augenblick der Wehmut.

Zugegebenermaßen, Emma konnte völlig ungezwungen mit jedem Mann, der ihr gefiel, flirten und gegebenenfalls auch ein bisschen mehr. Na ja, wie gesagt, wir waren in ein anregendes Gespräch vertieft und so fiel uns nicht auf, dass sich die anwesenden Herren immer wieder die Köpfe nach uns verdrehten. Erst als ich zur Toilette ging, bemerkte ich die anerkennenden Blicke.

Als ich zurückkehrte, deutete Emma kichernd auf einen Tisch mit vier Männern. »Der eine ist vorhin fast vom Stuhl gefallen, als du an ihnen vorbeigegangen bist. Du siehst heute aber auch unwiderstehlich aus.«

Ich lächelte bei der Vorstellung, tat ihre Bemerkung dagegen mit einer Handbewegung ab. Natürlich, insgeheim freute ich mich, das zu hören. Ich war mir meiner Wirkung auf die Männerwelt zweifellos bewusst, aber an diesem Abend sollte ich vorsichtig sein, sonst ...

Ein beunruhigendes Gefühl rumorte in der Magengrube. Eine Art Vorahnung.

Nachdem wir gezahlt hatten, fuhren wir zu dem besagten Edel-Klub. Als wir auf dem schummrig beleuchteten Parkplatz hielten, war mir etwas mulmig zumute. Das spärliche Licht der Laternen zeigte zwar den Weg zum Eingang, jedoch der Rest der Stellfläche blieb im Dunkeln verborgen.

Unwohl versuchte ich, die Konturen der Umgebung zu erkennen. Mehr als die um uns herum parkenden Autos und die schemenhaften Umrisse von Sträuchern und Bäumen konnte ich allerdings nicht deutlich ausmachen.

Ob das Innere des Gebäudes auch so düster ist?

Unsicher harkte ich mich bei Emma ein und atmete kräftig durch.

Egal. Jetzt bin ich hier. Kneifen kommt nicht in Frage.

Der Klub war bereits gut gefüllt. Wir gaben die Mäntel an der Garderobe ab und mischten uns ins Gedrängel. Die Musik gefiel mir überraschenderweise ausgezeichnet und ich fing sofort an, meine Hüften im Takt des Beats zu wiegen. Wir schlenderten anfangs an die Bar, von einigen taxierenden Männerblicken verfolgt, bestellten uns Sex on the Beach und beobachteten die Tanzenden. Wenige Minuten später traten zwei Kerle an die Bar und drängelten sich dicht neben uns.

Emma begutachtete die beiden unverblümt und flüsterte mir ins Ohr: »Der eine ist richtig knuffig. Den würde ich nicht von der Bettkante schubsen.«

Neugierig drehte ich den Kopf in die besagte Richtung und schaute direkt in ein Paar wunderbar wasserblaue Augen, die mich offenherzig von oben bis unten musterten. Blonde Locken umrahmten das markant männliche Gesicht. Ich wusste gar nicht, wie ich reagieren sollte, bei so viel Dreistigkeit. Flammende Röte ließen die Wangen glühen und ich wandte mich peinlich berührt schnell wieder meiner Freundin zu.

»Der hat mich eben so unverhohlen angeglotzt, als wäre ich ein Stück Vieh auf dem Markt. Den kannst du gerne behalten«, schnaufte ich empört zurück.

Das war das Startsignal für Emma. Sie ging auf die Auserwählten zu und fragte äußerst ungeniert, ob sie tanzen wollten. Als beide erfreut nickten, schnappte sie sich sofort das Objekt ihrer Begierde und schleppte ihn triumphierend zur mittlerweile überfüllten Tanzfläche.

Aus den Augenwinkeln beobachtete ich den anderen Typen. Er war höchstens Mitte zwanzig, also grob geschätzt so alt wie sein tanzender Kumpel. Eigentlich sah er absolut harmlos aus. Zumindest nicht so aufdringlich wie der Kerl, den Emma im Schlepptau hatte. Ich lächelte ihm freundlich zu.

»Hi, ich bin Jörg«, eröffnete der junge Mann etwas schüchtern das Gespräch.

Ich wollte nicht unhöflich wirken und drehte mich auf dem Barhocker zu ihm um. »Ich heiße Christin. Wollen wir auch?«, fragte ich mit einem Kopfnicken in Richtung Dancefloor.

»Klar«, strahlte er erleichtert und wir drängten uns zu den anderen auf die Tanzfläche. Wie gesagt, die Musik gefiel mir und ich liebte es, zu tanzen. Also begann ich, den Körper geschmeidig im Rhythmus des Liedes zu wiegen.

Mein Tanzpartner wusste scheinbar nicht, was er zuerst tun sollte: Sich auf die eigenen Tanzbewegungen zu konzentrieren oder meine bewundern. Ich ertappte ihn, wie er mich mit leicht geöffnetem Mund anstarrte. Dabei haftete das Augenpaar vermehrt auf dem einladenden Dekolleté des Tops.

Ich genoss die Blicke und bemühte mich, die Bewegungen noch etwas aufreizender zu gestalten. Emma war auf Wolke Sieben. Sie verführte ihren Partner regelrecht mit den erregenden Rundungen ihres Körpers. Dass er nicht sabberte, war fast ein Wunder. Auch ich schwebte in einem Glücksgefühl dahin.

Endlich wieder einmal ausgelassen abtanzen. Das hat mir echt gefehlt.

Ein paar Songs später reichte es mir jedoch fürs Erste. Ich begann zu schwitzen und lechzte nach einem Drink. Suchend schaute ich über die Tanzfläche, doch Emma war nirgends zu sehen. Also gingen wir zurück an die Bar. Auch hier keine Spur von ihr. Mir blieb nichts anderes übrig, als mich mit Jörg zu unterhalten. Außerdem spendierte er mir einen Cocktail und wir redeten und lachten über die merkwürdigen Verrenkungen mancher Tänzer.

Ich erfuhr, dass sein Kumpel Niklas hieß und beide in der Stadt studierten. Nach einem zusätzlichen Drink entschuldigte ich mich, um auf die Toilette zu gehen. Auf dem Weg dorthin kamen mir ein paar Mädels entgegen, die sich kichernd unterhielten. »Der besorgt es ihr aber ganz schön. So wie die stöhnen; da geht es richtig ab.« Grinsend entfernten sich die Mädchen.

Auch das noch, jetzt vögeln da zwei auf dem Klo, wobei ich doch so dringend muss. Na ja, was soll's, ich war ja auch mal jung. Also rein und schnell wieder raus.

Ich öffnete die Tür und hörte sofort, was die beiden meinten. In einer der Toiletten-Kabinen ging es gehörig zur Sache.

»Jaaaa, schieb mir deinen geilen Schwanz ganz tief rein! ... O, Gott, so einen Riesen habe ich noch nie gespürt!«, seufzte die Frau, scheinbar kurz davor, sich zu vergessen. Der Kerl schnaufte immer heftiger.

Bei denen war es offenbar gleich so weit. Dumm nur, dass ich wirklich dringend musste! Also hinein in eine Kabine, den Rock hochgeschoben, das Höschen runter und los. Schnell noch abgewischt und dann nix wie raus.

In dem Augenblick stöhnte er: »Oh, Mann ... Emma, ... du hast das geilste Loch ..., dass ich jemals ... gefickt habe!«

»Ah, Niklas, ... so einen Fick ... Habe ich ... noch nie gehabt. Los, ... spritz mich voll!«

Ich traute meinen Ohren nicht: Die beiden sind Emma und Niklas! Wie soll ich mich jetzt bloß verhalten?

Auf irgendeine Weise machte mich das Ganze verdammt heiß. Vor allem, da mir nun bewusst wurde, wer da mit wem rummachte. Die weiblichen Reize Emmas kannte ich, jedoch war, wie ich hörte, der Student auch hervorragend bestückt. Ich empfand ein angenehmes Zucken in der Lustzone. Als ich mir das Höschen hochzog, konnte ich nicht anders, als kurz mit dem Mittelfinger die anschwellenden Schamlippen zu berühren.

Ups, sind die feucht, dabei habe ich doch soeben abgewischt!

Ein heftiges Poltern und Grunzen riss mich aus den erregenden Gedankengängen. Emma schlug mit der Handfläche gegen die Kabinenwand und schrie ihren Orgasmus heraus. Niklas schien sich auch nicht mehr halten zu können und kam kraftvoll.

Ich blieb wie angewurzelt sitzen, die Finger noch immer auf der nässenden Scham. Bevor die beiden endgültig fertig wurden, schaltete sich mein Gehirn wieder ein. Blitzschnell zog ich mir den Rock zurecht, wusch mir die Hände und verließ in Windeseile das Klo. In Gedanken versunken schlenderte ich zurück zu Jörg an die Bar. Der wunderte sich etwas, wo ich so lange geblieben war.

»Weiberklo, Schlange inklusive«, entgegnete ich ausweichend. Das, was ich da eben erlebt hatte, ging mir nicht aus dem Kopf. Unvermittelt stupste jemand von hinten an meine Schulter. Ich fuhr erschrocken herum und starrte direkt auf den muskulösen Brustkorb von Niklas. Ein intensiv männlich herber Duft strömte mir in die Nase. Aufregend. Betörend.

»Na«, sagte er, »wen haben wir denn hier?«

Ich fühlte mich ertappt. Viel zu penetrant hatte ich auf die Brust gestarrt. Zu lange, für eine verheiratete Frau. Ich fing an zu stottern: »Chris ... Christin bin ich.«

O Gott, wie peinlich.

»Christin, ein bezaubernder Name. Ich bin Niklas, der Kumpel vom Jörg. Sag mal, hast du Emma gesehen?«, brummte er scheinheilig.

Na, klar, die liegt musterhaft durchgefickt auf dem Klo, du geiler Stecher, wollte ich ihm entgegen gurren, brachte allerdings nur ein Nein hervor.

»Ich muss eine rauchen. Kommst du mit, Christin?«, fragte er lächelnd.

»Nee, ich rauche nicht«, antwortete ich, nachdem ich die Fassung ansatzweise wiedergefunden hatte. »Aber tu dir keinen Zwang an«, fügte ich etwas genervt hinzu und drehte mich zügig von ihm weg.

Der Kerl ist wirklich aufdringlich.

Erst jetzt fiel mir auf, dass das Röckchen durch das Hin- und Herrutschen auf dem Barhocker hochgeschoben war und den Blick auf den Ansatz meiner halterlosen Strümpfe freigab. Das hatte ich ursprünglich vermeiden wollen. Vor allem war es unglückseligerweise Niklas nicht entgangen, denn er grinste mich wissend an.

»Okay, kommst du trotzdem mit?«, fragte er frech und liebenswürdig zugleich.

»Wieso? Wohin?«, entgegnete ich verwirrt.

»Na, nach draußen. Hier ist doch Rauchverbot.« Er bot mir galant die Armbeuge an. Ich überlegte kurz, aber was sollte schon groß passieren und ich konnte eine erfrischende Abkühlung wahrlich gebrauchen. Also rutschte ich vom Barhocker und hakte mich bei ihm ein. Von Emma war weit und breit nichts zu sehen. Dann erblickte ich sie zufällig beim Hinausgehen auf der Tanzfläche.

Wahrscheinlich ist sie längst wieder auf Beutefang. Single müsste man sein!

Erschrocken über meine lüsternen Gedanken, beeilte ich mich, in die kühle Nacht zu entkommen. Nur noch rasch den Mantel von der Garderobe geholt.

Mit einem Mal fiel mir Jörg ein, den ich, ohne ihm Bescheid zu sagen, an der Bar sitzen gelassen hatte. Ich wollte zurück, um mich zu entschuldigen, aber Niklas zog mich energisch am Arm hinaus. Ehrlich gesagt, es war sehr angenehm, kurz frische Luft zu tanken, bei dem, was da im Augenblick alles so bei mir passierte. Die Geräusche, die die beiden auf der Toilette fabriziert hatten, spukten durch das Gehirn.

O Gott, so einen Riesen habe ich noch nie gespürt, flüsterte das Unterbewusstsein.

Als ich in die Kälte trat, registrierte ich erneut dieses Zucken im Schoß, die Feuchtigkeit meiner Schamlippen. Wir gingen den mit Kies bedeckten Weg am Gebäude entlang und entfernten uns langsam vom Eingang. Überraschenderweise führten wir ein anregendes Gespräch, lachten und scherzten. Niklas erzählte mir von seinem Studium. Er studierte Immobilienwirtschaft.

»Hey«, stieß ich überrascht aus, »das passt. Ich hatte den gleichen Studiengang belegt und arbeite zurzeit bei einem Makler.«

»Was für ein Glücksfall!«, entgegnete er interessiert. »Sucht ihr zufälligerweise einen Praktikanten?«

Ich schüttelte bedauernd den Kopf. »Keine Ahnung, aber du kannst ja mal bei meinem Chef nachfragen. Hier ist die Visitenkarte.« Ich griff in die Manteltasche, öffnete das Etui und drückte ihm die Karte in die Hand. »Ich weiß, wie schwer es ist, einen geeigneten Platz für ein Praktikum zu bekommen. Herr Werner ist ein lieber Kerl, vielleicht klappt es«, äußerte ich aufmunternd.

Wir unterhielten uns angeregt über Immobilienwirtschaft und ich merkte zuerst nicht, dass wir mittlerweile auf dem Parkplatz standen, in einer relativ dunklen Ecke. Nur die schummrigen Lichter der Parkplatzlaternen beleuchteten spärlich den Weg zum Eingang des Klubs.

Überraschend trat Niklas dicht zu mir und küsste mich direkt auf den Mund. Ganz kurz, jedoch wahnsinnig intensiv. Vollkommen überrumpelt drückte ich ihn weg, riss die Augen auf und starrte ihn irritiert an. Doch ehe ich die passenden Worte fand, um lautstark zu protestieren, schlang er die Arme um meine Hüften und presste die Lippen erneut auf meine.

Ich wusste nicht, wie mir geschah. Wie in Trance öffnete ich hingebungsvoll den Mund und empfing seine heiße Zunge.

»O Gott, ich bin total scharf. Ich wollte dich, seit du zur Tür des Klubs hereinkamst!«, raunte er ins Ohr.

Hauchzarte Liebkosungen streiften die Halsbeuge, entzündeten eine Feuerspur, Hitze durchströmte den Körper. Forsch glitt eine Hand abwärts, fuhr unter den Trenchcoat, umfing die Pobacke. Zärtlich übte er Druck aus. Ich konnte nicht anders, mir entfuhr ein Seufzer, das Startsignal für Niklas. Ungezügeltes Begehren flackerte in den wasserblauen Augen auf. Er drehte mich herum, schob Mantel und Rock beiseite, drängte die Männlichkeit gegen den vor Verlangen zitternden Unterleib. Deutlich fühlte ich die angeschwollene Beule am Gesäß.

Mann, der Schwanz muss in der Tat riesig sein, wirbelte es durchs Gehirn, während die Schamlippen anschwollen.

Niklas umfasste währenddessen mit einem festen Griff die Brüste, zwirbelte gekonnt an den erhärteten Nippeln.

»Oh, ist das geil!« Mir entfuhr ein Stöhnen.

»Dann pass mal auf«, wisperte er gierig zurück. Ich merkte, wie er mich vornüber auf die Motorhaube des vor uns parkenden Autos drückte. Wie in Zeitlupe wanderte die Hand vom Po am Oberschenkel herunter, bis sie den Saum des Rockes zu fassen bekam. Langsam strich er wiederum am Bein aufwärts und schob dabei den Rock nach oben.

O Gott, was passiert hier? Ich bin verheiratet. Ich muss das sofort stoppen!

In diesem Moment streichelte er fordernd die nackten Innenseiten der Oberschenkel und stieß mir, vor purer Geilheit, das Becken entgegen. Ich bemerkte erneut die steinharte Männlichkeit und stöhnte flüsternd: »Ja, das wolltest du doch ... Nimm mich endlich, ... sonst explodiere ich!«

Daraufhin griff Niklas höher und zerrte den Tanga zur Seite. Ich vernahm das Geräusch seiner sich öffnenden Hose. Plötzlich empfand ich etwas Warmes an den Schenkel. Langsam rutschte es aufwärts und berührte alsbald die Pobacken.

Niklas beugte sich heran und hauchte mir ins Ohr: »Sag es, ... sag, dass du gefickt werden willst.«

»Oh, jaaaa, ... fick mich!« Ich keuchte und alle Bedenken verflogen. Ich wollte ihn in mir spüren, ihn tief aufnehmen. Das Herz polterte wie verrückt in meiner Brust.

Das ließ er sich nicht zweimal sagen und mit einem einzigen Ruck steckte er mir die pulsierende Lanze in die triefend nasse Grotte. Ich schnappte überrascht nach Luft.

Das Ding ist viel zu riesig!

Aber er kannte keine Gnade. Er stieß nochmals zu und ich wurde von ihm aufgespießt. So voll war ich noch nie. Er schien zu merken, dass ich Zeit brauchte, mich an das Monster in mir zu gewöhnen, und hielt einen Augenblick inne. Als ich anfing, ihm meinen Po entgegenzustrecken, keuchte er: »Du kleine, enge Muschi, ... ich hab's doch gewusst ... Dir ist nichts zu gewaltig ... Jetzt ficke ich dich, dass du Sterne siehst.« Sofort zog er den Luststab raus und schob ihn mir mit enormer Kraft wieder rein.

Gott, ich kam das erste Mal auf dem Riesen. Ich schrie und er hielt mir sanft den Mund zu. Ich kam und kam. So schnell war ich noch nie gekommen und schon gar nicht so heftig. Der Körper zuckte und die Scheidenmuskeln massierten sein Glied.

Ich kam mir wie eine Schlampe vor, aber ich wollte nur diesen lustvollen Schwanz aufnehmen. Es war geil. Ich genoss jeden Vorstoß, er füllte mich total aus und ich wusste nicht, wie viele Orgasmen ich hatte. Der Liebessaft rann an den Beinen herunter, direkt in die Stiefel. Gott sei Dank hatte er den Mantel und den Rock beiseitegeschoben, sonst wäre alles befleckt gewesen.

Nachdem er mich mit heftigen Stößen mehrmals auf Wolke Sieben geschickt hatte, wollte auch er Erleichterung: »Christin, Du geiles Stück! ... Ich bin soweit, ... ich mache dich jetzt voll.«

Er versteifte die Muskeln und schoss mir eine Ladung nach der anderen in die feuchte Grotte. Ich war kurz vor der Bewusstlosigkeit. So etwas hatte ich noch nie erlebt. Ich bemerkte, wie es auf einmal aus mir herausspritze. Ich spürte seinen Liebessaft an den Oberschenkeln herunterlaufen, auf die Strümpfe, in die Stiefel. Es war so geil. Ich fühlte mich wie eine begehrenswerte Frau. Ich massierte den Luststab mit den Scheidenmuskeln, wobei er leicht aufstöhnte.

»Wir wollen doch nichts verschwenden«, hauchte ich mit einem zufriedenen Lächeln auf meinen Lippen. Er kam näher und wir küssten uns leidenschaftlich. Ich merkte, dass er abermals hart wurde. Er zog das Glied mit einem Plopp aus mir heraus.

»Ich könnte dich schon wieder!«, brummte er. »Ich möchte am liebsten deine Beine lecken und unseren Saft aus dir saugen.«

Ich lächelte. »Lass mal bleiben, da wo er jetzt ist, gehört er hin und ich habe eine wunderbare Erinnerung.« Damit richtete ich das Höschen und stellte fest, wie viel Sperma aus mir floss. Ich bat Niklas um ein Taschentuch. Er nahm eines, kniete sich vor mich hin und säuberte mir die Beine und die Scham. Fast wäre ich erneut über ihn hergefallen.

Zum Glück kamen in dem Moment mehrere Gäste auf den Parkplatz und wir ließen blitzschnell voneinander ab. Ich rückte die Kleidung zurecht und wir gingen wortlos zurück in den Klub.

Wie konnte ich nur?

Ich war glücklich verheiratet, zumindest hatte ich es bis jetzt angenommen. Zu meiner großen Überraschung hatte ich keinerlei Schuldgefühle. Ich hatte jede Sekunde genossen und würde es wieder tun, sobald sich die Gelegenheit dazu ergab.

Ich bin böse, durchtrieben. Eine Schlampe.

Aber es hatte mir gefallen, sehr sogar. Ich wollte Sex, viel Sex.

Ich suchte Emma und wir beschlossen, nach Hause zu fahren. Als wir uns von den Studenten verabschiedeten, streichelte Niklas mir unbemerkt über meinen Schamhügel. Sofort fühlte ich wieder ein wahnsinniges Verlangen nach seiner Männlichkeit. Ich stöhnte verhalten, was er wohl bemerkte, denn er drückte noch einmal leicht zu und ließ dann los.

Emma und ich gingen zum Parkplatz, stiegen ins Auto und fuhren los. Auf der Fahrt erzählte sie mir von ihrem Toiletten-Erlebnis. Ich saß nur verstohlen auf dem Beifahrersitz, empfand Niklas' Sperma bei jeder Erschütterung tief in mir und schwieg mit einem Lächeln auf den Lippen.

Zuhause angekommen wurde mir doch etwas mulmig. Was, wenn mich Volker so sieht? Er war vorhin schon so scharf, als ich mich angezogen hatte. Was, wenn er noch wach ist und wartet, um mit mir zu schlafen? Was soll ich ihm sagen?

Die Ängste blieben unbegründet, er schlief tief und fest. Ich schlich ins Badezimmer, zog mich erschöpft aus. Ich begutachtete den Rock von allen Seiten. Keine Spuren. Die Strümpfe und das kleine Schwarze dagegen ...

Mann, oh Mann, als wär eine ganze Kompanie gekommen.

Immer noch geil roch ich am Slip und tastete instinktiv an die wiederholt pochenden, leicht geschwollenen Schamlippen. Ich beherrschte mich, auch wenn ich mir gerne die Finger in die Lustgrotte gesteckt hätte. Nun gut, es war traumhaft gewesen, aber halt vorbei.

Ich ging unter die Dusche, reinigte mich gründlich. Anschließend schlüpfte ich zufrieden zu Volker ins Bett.

Mitten in der Nacht wurde ich vom Piepsen des Handys geweckt. Ich griff zum Telefon und sah, dass ich eine SMS erhalten hatte.

Wer schreibt mir denn noch um diese Uhrzeit?

Mit schläfrigen Augen versuchte ich, die Nachricht zu lesen: »Hallo Christin, ich kann an nichts anderes mehr denken als an deine enge, geile Spalte. Ich liege hier im Bett mit pochender Latte. Ich will unbedingt deinen Körper mal ganz sehen. Und vor allem möchte ich prüfen, ob die heutige Anprobe gewirkt hat. Dein Stecher!«

Wie elektrisiert schreckte ich hoch, starrte fassungslos auf die Mitteilung, das Herz stolperte vor Aufregung im Brustkorb.

Scheiße, woher hat Niklas die Handynummer?

Dann fiel mir ein, dass ich ihm ja meine Visitenkarte gegeben hatte.

Was soll ich jetzt tun?

Fieberhaft überlegte ich, wie ich reagieren sollte. Ihm antworten? Auf keinen Fall! Das war eine einmalige Sache, versuchte ich mir einzureden.

Na ja, ein Verehrer kann ja nicht schaden. Zum Glück gehören dazu immer zwei.

Einigermaßen beruhigt legte ich das Handy beiseite, kuschelte mich an Volker und schlief sofort ein.

✳ ✳ ✳

Freitag

m nächsten Morgen wurde ich von Volker zärtlich wachgeküsst. »Na, meine Schöne, war ja richtig spät gestern? Macht aber nichts, Hauptsache, ihr hattet Spaß.«

Wenn der wüsste!

Sofort empfand ich wiederum ein Kribbeln zwischen den Schenkeln. »Ja, es war ein toller Abend«, nuschelte ich ausweichend. »Wie spät ist es denn?« Mühsam versuchte ich, mit den schlaftrunkenen Augen die Zahlen auf dem Wecker zu deuten.

»Lass mal, Christin. Mach dich in Ruhe fertig. Ich fahre jetzt los und bringe Lisa in den Kindergarten.«

Ich lächelte ihn an, gab ihm einen langen Abschiedskuss und weg war er. Langsam stieg ich aus dem Bett und trottete ins Bad. Kurz unter die Dusche, rasch geschminkt, die Haare geföhnt und ab ins Schlafzimmer zum Anziehen. Dabei schweifte mein Blick über das Handy und die SMS von Niklas fiel mir schlagartig ein.

Für mich stand fest: Ich werde ihn nicht wiedersehen und es wird auch keine Wiederholung geben. Das gab nur Komplikationen und das prickelnde Geheimnis wollte ich für mich behalten. Trotz alledem fühlte ich eine unumstrittene Geilheit aufsteigen. Kritisch betrachtete ich das Spiegelbild im Schlafzimmerspiegel.

So sieht also eine durchtriebene Fremdgeherin aus.

Auf irgendeine Weise wartete ich darauf, dass sich das Gewissen doch noch meldete. Ich horchte in mich hinein. Nichts. Keine Frage: Ich liebte meinen Ehemann und das würde sich auch nicht ändern. Volker und Lisa gehörten zu mir, wir waren eine glückliche Familie zusammen. Der Sex mit einem fremden Mann hatte für mich unerwarteterweise keinen Einfluss auf die Gefühle. So, als ob das gestern eine andere Christin, die durchtriebene Christin, gewesen war.

Für den heutigen Tag im Büro wählte ich ein konservatives Business-Kostüm: helle Bluse, dunkelblauer knielanger Rock und passenden Blazer; für darunter eine sündige Kombination in Beige: Spitzen-BH und knapper Tanga. Dazu zwei hautfarbene Strümpfe über die Beine gezogen und los ging's.

Im Flur stieg ich, ohne nachzudenken, in die heiß geliebten schwarzen Stiefel. Sofort stellte ich fest, dass sie noch immer feucht und klebrig von meinen und Niklas' Säften waren. Ich wollte den Fuß wieder herausziehen, aber kurz entschlossen überlegte ich es mir anders.

Wie erregend wird es sein, wenn ich den gesamten Vormittag im Arbeitszimmer sitze, mit den Liebessäften an den Füßen?

Auf der Fahrt ins Büro verlor ich die Beherrschung. Als ich an der roten Ampel wartete, schob ich die Hand unter den Rock, zog mit zittrigen Fingern den Slip zur Seite und fühlte sofort die Wärme des Schoßes. Bei dem Gedanken an gestern Abend und den Liebessäften in den Stiefeln, stöhnte ich auf. Aufs Höchste erregt fuhr ich mit den Fingerspitzen durch die Lustgrotte, berührte die Perle, streichelte die feuchten Schamlippen. Hinter mir hupte es plötzlich und ich zog erschrocken die Hand zurück.

So ein Mist! Was nun? Soll ich doch ...?

An der nächsten Ampel schnappte ich das Handy. Ich überlegt kurz, lächelte verschmitzt und schrieb folgende SMS: »Hallo, du geiler ... Auch ich kann an nichts anderes mehr denken. Ich spüre immer noch deinen Saft in mir. Wenn du Lust hast, können wir das gerne wiederholen ... Deine enge Maus!«

Kurz danach kam ich im Büro in der Stadt an. Ich arbeitete wie gesagt bei einem Makler. Da ich mich nachmittags um meine Kleine kümmerte, war ich nur halbtags dort.

Normalerweise erledigte ich morgens zu Anfang den Papierkram vom Vortag. Anschließend hatte ich oft ein bis zwei Klententermine: Entweder außer Haus oder ich empfing die Klienten hier im Arbeitszimmer.

Ich hatte ein klitzekleines, aber gemütliches Bürozimmer, von dem ich, durch einen dünnen Glasspalt in der Wand, direkt in den Büro-Flur sehen konnte. In den angrenzenden Büroräumen saßen die Kollegen, links Christian und rechts Mia. Karin war die Dame am Empfang und Sekretärin zugleich. In erster Linie arbeitete sie natürlich für den Chef, Herrn Werner. Er hatte ein geräumiges Zimmer am Ende des Flurs.

Unmittelbar daneben befanden sich unsere mickrige Besprechungsecke sowie ein Multifunktionsraum: Küche und Kopierraum in einem.

Ich kam also ins Maklerbüro. Die Kollegen schauten etwas verdutzt, da ich mich so gut wie nie verspätete. Aber es war ja Freitag und ich hatte keine Klientientermine, sodass ich mich ausgiebig der Ablage widmen konnte. Ich ging ins Arbeitszimmer, schaltete den Computer an und beschäftigte mich mit den Fällen der vergangenen Tage. Ich war recht erfolgreich im Job, was ich augenscheinlich auch meinem aparten Erscheinungsbild verdankte. In dieser Woche hatte ich drei Wohnungen und ein Haus vermittelt.

Als ich soeben die Unterlagen für die Hausvermietung zusammentrug, klopfte es kurz an der Tür und im nächsten Augenblick stürmte Herr Werner herein. So machte er es immer. Zeitweise nervte es wirklich und oft genug erschrak ich und zuckte regelrecht zusammen. Aber da ich mich ansonsten sehr wohl in dem Büro fühlte und ich angenehme Kollegen hatte, nahm ich es ihm nicht übel.

Auch dieses Mal sah ich überrascht vom Schreibtisch auf. Mir stockte der Atem: Schräg hinter ihm stand Niklas. Sofort bemerkte ich ein Zucken zwischen den Oberschenkeln. Erst jetzt fiel mir ein, dass ich dem Kerl gestern Abend die Karte gegeben hatte, als er nach einem Praktikum im Maklerbüro gefragt hatte. Das war natürlich, bevor ich mich von ihm hatte besteigen lassen. Entgeistert starrte ich die beiden Männer an.

»Frau König, das ist Herr Niklas Engel. Herr Engel studiert Immobilienwirtschaft und hat sich um einen Praktikumsplatz beworben«, tönte mein Chef.

Gott sei Dank hat er nicht erwähnt, dass wir uns kennen. Was hätte er auch sagen sollen? Ich habe Frau König bei einem Fick auf dem Parkplatz kennengelernt?

»Da Sie ja nur halbtags tätig sind, dachte ich, Sie könnten etwas Unterstützung gebrauchen«, führte mein Chef weiter aus.

Ich war völlig durcheinander. Mir war es peinlich, dass ich so lange schwieg. Aber mir gingen tausend Dinge durch den Kopf.

Ich kann doch nicht mit Niklas zusammenarbeiten.

Andererseits vernahm ich bei dem Gedanken daran ein heißes Kribbeln im Unterleib. Nervös rutschte ich auf dem Bürostuhl hin und her.

Mein Chef fragte etwas verwundert: »Frau König, was halten Sie von dem Vorschlag?«

Abermals starrte ich ihn nur eigenartig an. In diesem Moment sah ich, wie Niklas sich in den Schritt griff und seine gewaltige Männlichkeit drückte. Da war es um mich geschehen, ich hatte mich entschieden.

»Ja, klar. Das ist eine ausgezeichnete Idee.« Sofort meldete sich überraschend das schlechte Gewissen.

Was hast du vor, Christin? Der Typ ist so scharf auf dich, dass er es riskiert, hier aufzutauchen, nur um bei mir zu sein.

Jetzt trat Niklas näher heran. Höflich erhob ich mich vom Bürostuhl und kam hinter dem Schreibtisch hervor, um ihn zu begrüßen. Zum ersten Mal sah er mein Äußeres bei Tageslicht. An seinem Gesichtsausdruck konnte ich sehen, dass ihm gefiel, was er da vor sich hatte. Er musterte mich von oben bis unten.

Hoffentlich bemerkte er nicht, dass ich dieselben Stiefel trug wie gestern Abend. Ich fühlte die Feuchtigkeit an den Unterschenkeln bei jedem Schritt. Trotzdem ging ich selbstsicher auf ihn zu, ergriff die ausgestreckte Hand und schaute ihm fest in die unwiderstehlich meerblauen Augen. »Herzlich willkommen. Ich freue mich auf die Zusammenarbeit.«

Sanft erwiderte er den Händedruck und lächelte dabei ausgesprochen zärtlich. Unsere Blicke verschmolzen zu einem Feuer der Leidenschaft und ich konnte dem einfach nicht standhalten. Verlegen senkte ich die Augen.

Herr Werner verließ mit dem Praktikanten das Bürozimmer, um ihm auch noch die Kollegen vorzustellen. Da dieses Büro keinen Platz für zwei bot, durfte Niklas vormittags mit bei Karin am Empfang sitzen. Nachmittags sollte er dann an meinem Schreibtischplatz arbeiten. So konnte er gleich die Ablage erledigen und ich hatte am nächsten Tag Zeit für die Klienten.

Nachdem Herr Werner die kleine Vorstellungsrunde beendet hatte, kam Niklas ins Büro zurück. Langsam schlenderte er um den Schreibtisch herum und pfiff: »Wow, dass du eine stürmische Braut bist, hatte ich gestern bereits gemerkt, aber dass du so ein heißer Feger bist, das macht mich komplett wahnsinnig.«

»Bitte, nicht hier«, flüsterte ich erschrocken und schaute nervös durch die Scheibe auf den Flur.

»Wieso denn nicht? Du schuldest mir noch etwas. Ich wollte dich gestern Abend lecken und von unseren Säften befreien.« Dabei kam er immer dichter und streichelte schamlos über meine Brüste.

»Stopp!«, fuhr ich ihn energisch an.

Doch er drückte unbeirrt die bereits steifen Nippel und flüsterte frech: »Ich bin so geil Christin, ich will dich hier und jetzt.«

Bei der Vorstellung schoss mir das Blut in den Kopf und ich schob ihn von mir. »Nein. Nicht im Büro, es könnte jeden Augenblick jemand hereinkommen. Außerdem habe ich gleich Feierabend und muss meine ...« Ich stockte. Mir fiel ein, dass ich ihm bisher nicht erzählt hatte, dass ich verheiratet war und eine dreijährige Tochter hatte.

Niklas schaute mich eindringlich an, beugte sich zu mir herab und flüsterte mir ins Ohr: »Du musst was? Deine kleine, geile Lustgrotte von mir lecken lassen.«

Ich schmolz dahin.

Wie gerne würde ich mir jetzt die Klamotten vom Leib reißen!

»Wo sind denn hier die Toiletten?«, bohrte er hartnäckig weiter.

Ich ahnte, was er vorhatte; schließlich hatte ich ihn auch am Vorabend mit meiner besten Freundin Emma auf dem Klo des Klubs belauscht. »Unmöglich. Wir haben nur ein Klo, das wir uns alle teilen. Da können wir nicht unbemerkt zu zweit drin verschwinden.«

»Na, dann komm mit«, sagte er, nahm energisch meine Hand und führte mich raus aus dem Arbeitszimmer in den Flur. Entschlossen drängte er in Richtung Küche.

Wie gesagt, sie lag direkt neben Herrn Werners Büro. Wenn er die Bürotür öffnete, würde er uns auf Anhieb sehen. Das schien Niklas aber nicht zu interessieren. Er hatte, abgesehen von dem Praktikumsplatz, ja auch nichts zu verlieren. Er drückte mich stillschweigend gegen die kleine Küchenzeile, kniete sich hin und schob sofort die Finger unter meinen Rock. Dabei leckte er mit der Zungenspitze an den Beinen entlang.

»Ich mag es, wenn Frauen Strümpfe tragen. Das sind doch Strümpfe?«, fragte er von unten herauf. Allerdings brauchte ich nicht zu antworten, denn in dem Moment erreichte er mit den Händen den Saum der Seidenstrümpfe. Er stöhnte auf: »Ich wusste doch, du bist ein geiles Mäuschen.«

Jetzt vergräbt er das Gesicht auch noch zwischen den Schenkeln.

Mir entfuhr ein Seufzer. Mit den Fingerspitzen berührte er bereits das Höschen. Ich triefte vor Nässe. Sofort schob er einen Finger unter den Rand und fuhr mit ausgestrecktem Zeigefinger über die Schamlippen. Diesmal stöhnte ich lauter.

Im gleichen Moment hörte ich Schritte näherkommen. Blitzschnell drückte ich ihn von mir weg und richtete eiligst den Rock. Niklas war gerade wieder aufgestanden, als Karin um die Ecke bog.

»Hallo, Ihr beiden. Na, erstes Kennenlernen?«

»Na, klar. Ich muss dem neuen Mitarbeiter doch einen Kaffee anbieten«, entgegnete ich souverän und lächelte.

Hoffentlich hat sie nichts bemerkt.

Ich löste mich lässig von der Küchentheke, goss den heißen Bohnenkaffee in zwei Becher und ging mit Niklas im Schlepptau zurück ins Arbeitszimmer. Wir waren inzwischen wieder vollkommen Business.

Nach einem kurzen Gespräch über die anfallenden Aufgaben verabschiedete ich mich förmlich von ihm. Ich gab ihm noch eine rasche Einweisung auf dem Computer und verließ das Bürozimmer. Beim Verlassen des Zimmers empfand ich seinen Blick auf meinem Hintern. Instinktiv bewegte ich ihn ein wenig aufreizender.

»Ich wünsche dir ein erholsames Wochenende, Christin. Bis Montag!«, rief er mir hinterher.

Ich drehte mich nochmals um, lächelte ihn an und fegte aus dem Büro. Ich hatte es eilig; schleunigst zum Kindergarten und Lisa abgeholt. Auf dem Weg dorthin bimmelte mein Handy. Es war Leonie, die Nachbarin, deren Sprössling ebenfalls dieselbe Kindergartengruppe besuchte. Sie bat mich, ihn mitzubringen. Das machten wir öfter so.

Im vierten Stock unseres Hauses klingelte ich wenig später bei ihr an der Wohnungstür. Marc, ihr Sohn, stürmte sofort in die Wohnung. Als ich mich von Leonie verabschiedete, erwähnte sie beiläufig, dass ein Kollege mir noch die dringend benötigten Unterlagen vorbeibringen würde. Ich starrte sie an. Im Kopf fing es an zu rattern.

Was für Unterlagen?

Ich wusste nichts damit anzufangen. Lisas Rufe rissen mich allerdings aus den Gedanken. Also rauf in den fünften Stock, die Tür auf und hinein. Mein kleines Energiebündel rannte sofort los. Im Flur ließ sie den Rucksack samt Jacke fallen, die Schuhe folgten und sie stürmte in ihr Zimmer. Ich sammelte die Klamotten auf, verstaute sie an der Garderobe.

Wieder komplett Mama!

Ich schnitt dem Spiegelbild im Flur eine Grimasse und zog die Stiefel aus, die immer noch leicht feucht klebten. Nur auf Strümpfen ging ich ins Wohnzimmer und fiel zunächst einmal auf die Couch.

Als ich so dasaß, erinnerte ich mich an Niklas' Berührungen in der Büroküche. Ein lustvoller Schauer lief mir den Rücken hinunter. Sanft berührte ich die Schenkel und strich mir zärtlich die Beine entlang. Am Rocksaum angekommen, schob ich den Rock hoch und streichelte behutsam weiter. Erst nur oberhalb der Halterlosen, dann aber auch im Schritt. Ich empfand die Wärme.

In dem Moment, als ich das Höschen beiseiteschieben wollte, um die Finger in die Lusthöhle zu versenken, hörte ich Lisa weinen. Rasch lief ich zu ihr. Sie war hingefallen und hatte sich den Kopf gestoßen. Ich tröstete sie und schlug vor, Mittagessen für uns beide zu kochen.

Doch zuvor hatte ich das dringende Bedürfnis, mich umzuziehen. Also eilte ich ins Schlafzimmer und zog den Rock, die Bluse und die klebrigen Strümpfe aus. Danach schlüpfte ich in einen bequemen Pulli und einen weiten Glockenrock, der mir bis über die Knie ging. Anschließend noch die dicken Kuschelsocken an die Füße.

Zurück in der Küche hatte Lisa bereits mit dem Kochen angefangen. Munter schlug sie mit einem Kochlöffel auf einen Topf und plädierte lautstark für Spaghetti mit Tomatensoße.

Also gut, das vierte Mal in dieser Woche.

Nachdem wir gemeinsam gegessen hatten, brachte ich Lisa in ihr Kinderzimmer. Sie schlief nach dem Essen meistens für ca. zwei Stunden. Ich begann, ihr eine Geschichte vorzulesen. Schon wenige Minuten später schlief sie tief und fest. Ich gab ihr noch ein Küsschen auf die Stirn und verließ leise ihr Zimmer.

Als ich mich gerade dem Abwasch widmete, klingelte es an der Wohnungstür. Zügig huschte ich zur Tür, um zu vermeiden, dass Lisa durch ein zusätzliches Läuten geweckt wurde. Als ich die

Tür öffnete, traf mich zum zweiten Mal an diesem Tag fast der Schlag.

Niklas stand vor der Tür. Er trat geradewegs ein, zog mich stürmisch an sich und unsere Lippen verschmolzen zu einem leidenschaftlichen Kuss, der Feuer sprühte. Mit dem Fuß schob er die Haustür ins Schloss, ohne von mir abzulassen.

Ich schmolz erneut dahin. Ich wollte ihn fragen, wie er an diese Adresse gekommen war, aber die Geilheit ließ mir keine Möglichkeit dazu. Er packte zu, drückte mich gegen die Wand und griff sofort an die bebenden Brüste.

Nach wie vor kämpften unsere Zungen heftig miteinander. Dann bemerkte ich, wie er eine Hand auf meine Hüften legte und den Reißverschluss des Glockenrockes aufzog. Noch immer blieben wir stumm.

Der Rock fiel zu Boden und Niklas ging in die Knie. Er tastete mit den Fingern nach den Rändern des Tangas und zog ihn mir sofort herunter. Jetzt hatte er den feuchten Schatz direkt vor Augen. Ich sehnte mich nach den glühenden Küssen, doch er erhob sich und ich hörte, wie er den Reißverschluss seiner Jeans öffnete. Ich half ihm dabei, Hose und Shorts auszuziehen.

Ich war nur noch geil und wollte augenblicklich von ihm genommen werden. Er ließ mich auch nicht lange warten. Er nahm mein linkes Bein, legte es um seine Hüfte und positionierte den Speer direkt zwischen den pulsierenden Schamlippen. Unsere Blicke verschmolzen, während er mich aufspießte. Ich hatte ja gestern festgestellt, wie gewaltig der Schwanz wuchs, aber das, was da jetzt langsam in die Grotte stieß, war der Wahnsinn. Ich stöhnte hemmungslos, warf meinen Kopf in den Nacken und genoss die enorme Länge der Erektion. Nach wie vor schob er den Luststab hinein. Ich konnte nicht anders; ich ergriff den Stab, um zu fühlen, wie viel ich zu erwarten hatte. Da war noch einiges. Ich fühlte längst den ersten Orgasmus in mir aufsteigen.

Christin, der Typ hat noch nicht mal das Ding in dir drin und du kommst bereits!

Mir war das egal. Ich wollte kommen und ich wusste, es würde nicht das einzige Mal an diesem Nachmittag sein. Endlich hatte er den Schwanz bis zum Anschlag hinein geschoben. Total ausgefüllt. Er berührte Gegenden in mir, die nie jemand erregt hatte. Langsam stieß er zu. Dabei zog er die Lanze immer wieder weit zurück, um sie dann heftiger in mich zu treiben. Ich verkrampfte, legte das rechte Bein zusätzlich um Niklas' Hüften, sodass ich nur noch von seiner harten Männlichkeit getragen wurde, und schrie einen gewaltigen Orgasmus in die geballte Faust.

Ich kam und kam. Ich hörte am vertrauten Schmatzen, dass die Lustsäfte wie Sturzbäche flossen. Aber auch das war mir egal. Ich öffnete meine Augen und sah in ein verspanntes Gesicht. Ich fühlte, wie er mich immer heftiger penetrierte. Rein und raus und so wahnsinnig tief. Ich verspürte bereits eine zweite Welle der Lust heran strömen. Abgesehen vom Stöhnen und Grunzen hatten wir noch kein Wort geredet.

Plötzlich verkrampfte sich auch Niklas und presste zwischen den Lippen hervor: »Hier sind die Unterlagen, ... die du ... vergessen hast!« Mit diesem Satz öffnete er alle Schleusen und kam. Er kam, war leicht untertrieben, er jagte eine Ladung nach der anderen in die hungrige Lustgrotte.

Das hört gar nicht mehr auf!

Als er in den letzten Zügen lag, kam ich nochmals stürmisch. Durch den Orgasmus angespornt, schien auch er ein weiteres Mal abzuheben, denn ich erkannte, wie sich wiederum ein heftiger Schuss tief in mir löste.

Und abermals war meine Muschi für so viel Saft zu klein, zu voll. Es schoss mit einem lauten Schmatzer aus mir heraus. Die Liebessäfte liefen an Niklas' Beinen herunter und besudelten die Fliesen im Flur.

Langsam kamen wir wieder zu uns. Wir küssten uns erneut leidenschaftlich. Die Zungen fochten den Kampf des Jahrhunderts. Nach wie vor steckte die Männlichkeit in mir. Jetzt sprachen wir zum ersten Mal miteinander.

»Christin, das war der Wahnsinn. Du hast mich heute Morgen so geil gemacht, ich wollte nur noch dich; musste dich wiedersehen und ficken.«

Ich grinste ihn frech an: »Mein Schatz, wie du gemerkt hast, war ich auch total scharf auf deinen Großen. Komm, wir gehen ins Wohnzimmer, da können wir dann weitermachen.«

Habe ich das soeben gesagt? In meinem, äh, unserem Wohnzimmer will ich mit diesem geilen Typen eine zweite Runde einläuten?

Egal. Noch immer auf seinem etwas weicher gewordenen Schwanz sitzend, trug mich Niklas ins angrenzende Zimmer, wo er mich vorsichtig auf dem Sofa absetzte. Währenddessen lösten wir uns nicht voneinander.

Ich saß jetzt rittlings auf ihm drauf. Er begann sofort, meinen Pullover auszuziehen und auch der BH folgte ihm sogleich auf den Boden. Liebevoll küsste er die Brüste. Immer wieder schaut er mir bei alledem in die Augen. Danach verwöhnte er abwechselnd erst die linke und dann die rechte Brustwarze. Langsam ließ ich die Hüften kreisen. Mit einem Lächeln im Gesicht stellte ich fest, dass sich Niklas' Riese ein weiteres Mal versteifte. Als ich ihn für hart genug hielt, begann ich zu reiten. Dabei versuchte ich so hochzukommen, dass sein Schwanz nur minimal in mir steckte.

Aufgrund der enormen Länge war es mir aber nicht möglich. Das machte mich noch mehr an und ich bewegte mich fortwährend stürmischer. Wenige Sekunden danach merkte ich einen zusätzlichen Orgasmus in mir aufsteigen.

Ich musste dazu sagen, dass ich gerne ritt. Es verschaffte mir immer mehrere, äußerst intensive Orgasmen hintereinander. Aber am liebsten ließ ich mich von hinten nehmen.

Zurück zum Geschehen. Niklas liebkoste weiterhin die aufragenden Nippel und ich schaukelte ihn mittlerweile ungezügelt.

Er stöhnte. »Jaaa Christin, du geile Sau, ... reite meinen Dicken!«

Auch ich kam immer gewaltiger in Fahrt durch die aufheizenden Worte. Ich fing an zu keuchen. »Oohhh ja, das ist so geil ... Das tut mir so gut! So etwas habe ich ... noch nicht erlebt. Scheiße, ich komme!«

»Ja, du gierig Stute, ... komm, ... komm, ... ich spritz' dich voll!«

Und ich kam so heftig, ich dachte, ich verliere das Bewusstsein. Ich verharrte in meinen Bewegungen. Niklas nutze die Gelegenheit, um mich von unten zwei-, dreimal kräftig zu stoßen. Das gab mir endgültig den Rest.

Ich kam immer noch.

Das hört ja gar nicht auf!

Als ich mich wieder erholt hatte, ritt ich ihn weiter.

»Mach schneller«, keuchte er, »ich will mit dir zusammen kommen!«

Gesagt, getan. Ich erhöhte das Tempo. Wie eine Wilde galoppierte ich die Männlichkeit. Als sein Keuchen in ein Grunzen überging, wusste ich, dass er kurz davor war, erneut in die übervolle Lustgrotte zu schießen. Mit gekonnten Kontraktionen meiner Scheidenmuskeln schob ich ihn über die Kuppe, er spritze los. In diesem Moment durchfuhr auch mich ein heftiger Orgasmus. Beide keuchten wir unsere Lust heraus. Nach wenigen Zuckungen des Gliedes erlebte ich ein wohlig warmes Gefühl, als seine Säfte aus mir hinausliefen. Es floss und floss und er kam immer noch.

Mein Gott, wie kann er das nur? Er hat doch erst eben im Flur ...?

Ich jedenfalls kam dabei voll auf die Kosten! Der hatte ein Stehvermögen, einfach irre.

Als wir uns langsam von diesem heftigen Höhepunkt erholten, entließ ich Niklas' Stab vorsichtig aus der Lustgrotte. Ich setzte mich auf der Couch neben ihn und streichelte zärtlich seine Brust unter dem T-Shirt. Daraufhin zog er es aus und ich konnte ihn mir zum ersten Mal in voller Pracht anschauen. Ein ansehnlicher Mann. Nicht so muskulös gebaut wie Volker, aber durchaus attraktiv.

Dennoch, die hervorstechendsten Merkmale waren die wasserhellen Augen und das tierisch scharfe Werkzeug. Das war obendrein besser so, jedenfalls sah ich so keine Gefahr für meine Ehe.

Als wir so da saßen, fühlte ich immer mehr Flüssigkeit aus mir herauslaufen. Das schien auch Niklas aufzufallen, denn er beugte sich zu mir rüber und senkte den Wuschelkopf zwischen meine Beine. Mit geschickter Zunge fing er an, unsere Säfte aufzusaugen. Ich schaute ihn an und kraulte durch die seidig lockigen Haare.

»Wie bist du an meine Adresse gekommen?« Er blinzelte hoch. Als ich seinen total verschmierten Mund sah, lachte ich amüsiert auf. Es schien ihm aber nichts auszumachen, was mich wiederum antörnte. Ich stand darauf, dass sich Männer für so etwas nicht zu schade vorkamen. Schließlich ließen wir Frauen ja ebenso einiges mit uns machen. Ich blies auch gerne und mich störte der Saft keinesfalls.

»In dem Moment, als du aus dem Büro gegangen warst, rief deine Nachbarin Leonie an. Dabei erfuhr ich, dass du eine kleine Tochter hast. Na ja, wir plauderten eine Weile und dann kam mir die Idee mit den Unterlagen. Also fragte ich sie nach der Adresse. Und tada, da bin ich.«

»Du bist ja ein ganz Schlimmer«, murmelte ich zufrieden in den verführerisch duftenden Haarschopf. Mittlerweile hatte sich Niklas wieder zwischen die Schenkel gelegt und etwas gedämpft hörte ich seine Zustimmung. Dabei leckte er mir keck über den Kitzler, was mich zum Lachen brachte.

»Gehört zu dem Kind auch ein Papa?«

Ich deutete auf den Ehering, was ihm als Antwort genügte. Wohl war mir allerdings nicht, jetzt, da er alles wusste. Bisher war es so wunderbar unkompliziert. Einfach nur Sex. Die Befriedigung beiderseitiger Begierde. Denn, dass ich seine Bedürfnisse befriedigte, konnte ich deutlich an dem Schmatzen zwischen den Beinen hören.

Langsam setzte die Wirkung von Niklas' Liebkosungen ein. Ich wurde zum wiederholten Male scharf. Sanft drückte ich den Lockenkopf an den Schoß und signalisierte ihm damit, dass er etwas heftiger lecken sollte.

Der Mann war genial. Er verstand sofort, was ich von ihm wollte und mit geschickter Zungenspitze brachte er die Lust erneut zum Glühen. Immer wieder spielte er am Kitzler, was mich schier wahnsinnig machte. Ich drückte ihm das Becken entgegen und er versengte die Zunge in die zuckende Spalte. Mit den Händen unterstützte er die stoßenden Zungenbewegungen. Er streichelte oder drang mit seinen Fingern in die Höhle.

Ich war so weit und kündigte ihm den nächsten Höhepunkt an. Ich atmete flacher und stöhnte. Dieses geile Gefühl in der Muschi sollte für immer anhalten. Ich ließ mich einfach fallen und kam. Nicht so stürmisch wie zuvor, aber doch intensiv.

✳ ✳ ✳

Als ich mich erholt hatte, kam Niklas zu mir und wir küssten uns erneut leidenschaftlich. Dabei schmeckte ich unsere Säfte.

Was für ein irres Aroma!

Die Küsse wurden heftiger und ich drückte ihn zurück auf die Couch. Mit der Hand griff ich gierig nach seinem Stab. Ich war erstaunt, der stand längst wieder. Ich rieb ihn ein paarmal, um dann abzutauchen. Zum ersten Mal konnte ich mir das Objekt meiner Begierde genauer anschauen. Ein sehr schönes Stück, das sich da vor mir aufrichtete. Nicht übermäßig dick, dafür jedoch enorm lang.

Kein Wunder, dass ich mich daran zuerst gewöhnen musste.

Trotzdem, ich hatte nicht vor, die Gewöhnungsphase für beendet zu erklären. Zärtlich tupfte ich mit der Zungenspitze auf die pulsierende Eichel. Er stöhnte auf.

Das reicht, auf in den Kampf!

Ich öffnete den Mund und stülpte die vollen Lippen über das erigierte Prachtstück. Langsam senkte ich den Kopf. Ihm schien das durchaus zu gefallen. Ich fühlte, wie sein Penis zuckte und merklich anschwoll.

Noch gewaltiger? Das verkrafte ich nicht!

Aber ich gab alles. Ich versuchte, den Kopf immer tiefer zu senken. Ich spürte ihn bereits hinten im Rachen. Ich entspannte, um ihn intensiver aufzunehmen. Wie gesagt, ich blies gerne und ich konnte das auch durchaus gut.

Daraufhin rutschte er gemächlich tiefer. Gut zwei Drittel des Prügels steckten jetzt in meiner Mundhöhle. Ganz langsam zog ich mich wieder zurück, bis ich an der Eichel ankam.

Dann forcierte ich das Tempo und mit zwei, drei heftigen Kopfbewegungen brachte ich ihn ordentlich zum Glühen. Ich schmeckte die ersten Lustperlen und entließ ihn aus der Mundhöhle. Mit der Zungenspitze leckte ich die Tropfen von seiner Spitze.

»Lecker«, grinste ich verschmitzt und widmete mich erneut meiner Aufgabe. Tief nahm ich ihn wieder auf und massierte ihn mit den Lippen.

Plötzlich merkte ich, wie er zu zucken anfing.

Wow, das geht fix, vor allem nach dem Vorgeplänkel!

Egal, den Mund weit auf, den Luststab noch zwei-, dreimal entlanggefahren und ich fühlte die ersten Strahlen seines Spermas in den Rachen schießen.

Gott, ist das geil!

Er kam wieder außerordentlich heftig. Genüsslich saugte ich unterdessen den letzten Tropfen aus ihm raus. Danach entließ ich ihn. Ich lächelte ihn an und küsste ihn mit verschmierten Lippen.

Ich hatte vollkommen die Zeit vergessen. Plötzlich wurde ich durch das vertraute Gequengel aus dem Kinderzimmer aufgescheucht.

O mein Gott, was, wenn Lisa mich so sieht?

»Los, wir müssen uns blitzschnell anziehen.« Voller Panik rannten wir in den Flurbereich. Ich schmiss mir auf dem Weg dorthin den Pulli über und schlüpfte in den Rock. Niklas schloss eben seine Hose, als sie erneut rief. Ich öffnete Niklas die Tür und mit dem Wunsch nach einem angenehmen Wochenende verschwand er.

Mit glühendem Kopf eilte ich zu meiner Tochter und nahm sie tröstend auf den Arm.

Puuuh, das war knapp.

Rasch zurück ins Wohnzimmer und das Sofa begutachten. So ein Mist, da waren doch einige Flecken drauf. Na ja, das kannte ich bereits, das hatten mein Mann und ich auch schon fertig gekriegt.

Lisa hatte sich beruhigt und sprang vergnügt in ihr Zimmer zurück. Schleunigst holte ich einen Putzeimer und reinigte die Sitzfläche. Es sah aus wie neu. Als ich mich prüfend umschaute, sah ich noch das Höschen und den BH herumliegen. Erst jetzt fiel mir auf, dass ich in der Hektik auf beides verzichtet hatte. Ein kritischer Blick auf den Rock bestätigte die Vermutung. Es hatte sich bereits ein ordentlicher Fleck gebildet.

Nachdem ich mich vergewissert hatte, dass Lisa in ihrem Zimmer spielte, ging ich ins Bad, wusch mich und zog mir frische Sachen an. Dabei konnte ich das Kribbeln im Schoß deutlich spüren.

Was für ein Nachmittag.

Ich kuschelte mich entspannt in den Schaukelstuhl, leise Musik umrieselte die Ohren. Ich freute mich auf das Wochenende. Ich hatte diese Erholung auch dringend nötig. Meine Liebeshöhle fieberte allerdings dem Montag entgegen, einem weiteren Tag mit Niklas.

Montag

Das Wochenende kam mir nach den Strapazen der letzten Tage sehr gelegen. Ich brauchte Abstand zu den verwirrenden Ereignissen, Abstand zu Niklas und seiner enormen sexuellen Anziehungskraft.

Ich bin eine Fremdgeherin, schoss es mir ständig durch den Kopf.

Ich hatte mich bei der erstbesten Gelegenheit von einem Studenten verführen lassen. Wenn mir das jemand vor einem Jahr erzählt hätte, ich wäre in schallendes Gelächter ausgebrochen. Ich liebte meinen Ehemann, die gemeinsame Tochter, die schicke Designer-Wohnung. Die kleine Familie, unser Heim.

Wieso soll ich das aufs Spiel setzen? Für ein bisschen Sex?

Gedankenversunken schüttete ich die Frühstücksflocken in Lisas Müsli-Schüssel mit dem Bild eines Kätzchens auf dem Boden. Sie war absolut vernarrt in die Katzenbabys. Ich füllte die Schale mit Milch auf und sofort löffelte mein süßer Engel vergnügt drauf los. Ich beobachtete sie eine Weile, ehe ich weiter grübelte.

Wieso passiert so was ausgerechnet mir?

Ich seufzte. Zugegeben, das Sexleben mit Volker, meinem Mann, war in letzter Zeit etwas eingeschlafen. Er arbeitete oft bis spät am Abend; meistens schlief er anschließend zu Hause erschöpft vor dem Fernseher ein. Aber ging das nicht vielen Familien so?

Das ist noch lange kein Grund, sich einem jugendlichen Studenten an den Hals zu werfen, flüsterte das schlechte Gewissen eindringlich.

Nein, natürlich nicht. Aber es hatte gewaltigen Spaß gemacht. Und ich würde es wieder riskieren, wenn ich die Gelegenheit dazu bekäme. Schlagartig wurde mir klar, dass ich es wollte. Ich wollte Sex mit anderen Männern, heißen Sex an verbotenen Orten. Ein leichtes Kribbeln im Schoß bestätigte mein Verlangen. Ich merkte, wie die Schamlippen anschwollen, die Lust zunahm.

Ja, ich bin eine Fremdgeherin und kann es kaum erwarten, von Niklas erneut gestoßen zu werden.

Die Scheidenmuskeln zuckten längst, die Vorfreude stieg, ich hatte Schmetterlinge im Bauch vor Erregung.

»Guten Morgen, mein Schatz!« Die Worte holten mich aus dem Tagtraum zurück. Volker gab mir im Vorbeigehen einen flüchtigen Kuss auf die Wange und schlüpfte in den Halbmantel. »Ich muss heute früher los«, sagte er bedauernd mit einem Seitenblick auf den gedeckten Frühstückstisch. »Bis später«, rief er und ich hörte die Wohnungstür ins Schloss fallen. Alles war wie immer.

Ändert sich das eines Tages?

Lisa hatte ihr Müsli verschlungen und hüpfte den Flur entlang in ihr Zimmer. Missmutig räumte ich die Küche auf und eilte ins Badezimmer.

Kurze Zeit später überlegte ich stirnrunzelnd, was ich heute anziehen sollte. Da ich am Vormittag noch einen Termin zu einer Wohnungsabnahme hatte, durfte es nicht zu aufreizend sein. Was sollten die Klienten von mir denken? Da fiel mir ein, was Niklas mir am Freitag im Büro zugeraunt hatte, als er mich in der Küche vernaschen wollte: »Ich mag es, wenn Frauen Strümpfe tragen.«

Das gefiel mir irgendwie, denn auch ich hüllte mich gerne in sündige Wäsche, und Seidenstrümpfe gehörten nun einmal dazu. Ich hatte eine umfassende Auswahl, von dunkel bis hell, von durchsichtig bis blickdicht, von Halterlosen bis zu jenen, welche ich an einem Strapsgürtel befestigte. Letztendlich fiel die Entscheidung, nach kurzem Hin und Her, auf transparente weiße Strümpfe. Sie hatten einen breiten Rand aus Spitze. Den dazugehörigen Hüftgürtel fand ich ebenfalls in der untersten Schublade der Wäschekommode.

Nachdem ich meine Auswahl für den heutigen Tag getroffen hatte, setzte ich mich auf die Bettkante und ließ den ersten Seidenstrumpf langsam am Bein hochgleiten. Die Haut kribbelte unter den sanften Berührungen, der Schoß pochte glühend. Zum Schluss legte ich den Straps-Gürtel um und befestigte die Strümpfe an den Bändchen und den dazugehörigen Clips. Prüfend betrachtete ich mein Spiegelbild.

Das wird den Hengst auf jeden Fall auf Touren bringen.

Ich stellte mir Niklas' Gesicht und seinen Schwanz vor, wenn er mich in diesen aufreizenden Dessous sah, woran ich keinen Augenblick zweifelte. Ich wusste nur noch nicht wo und wie.

Zu den Strapsen wählte ich einen sündigen winzigen Tanga, den ich sorgfältig richtete. Den String ruckelte ich mir zwischen den Pobacken zurecht. Die Brüste wollte ich zuerst in einen Spitzen-BH stecken, doch rasch verwarf ich den Gedanken. Stattdessen griff ich zu einem eng anliegenden weißen Top. Die Beine setzte ich mit einem grauen Faltenrock, der knapp über den Knien endete, in Szene. Zufrieden drehte ich mich um die eigene Achse.

Wow, sehe ich scharf aus. Und das fürs Büro.

Ich stellte mir bildlich vor, wie Niklas seine Männlichkeit in meiner Spalte versenkte. Ich traute mich nicht, mir zwischen die

Beine zu greifen. Wenn ich die klopfenden Schamlippen berührte, dann musste ich mir Erleichterung verschaffen. Jedoch dafür blieb jetzt keine Zeit. Unverzüglich schlüpfte ich in den passenden dunkelgrauen Blazer und hastete in Lisas Zimmer.

Als ich Lisa beim Kindergarten abgab, fielen mir die abschätzenden Blicke der anderen Mütter auf. Außergewöhnlich lange glotzte mich der Hausmeister an.

Wenn der weiter so starrt, fallen dem gleich die Augen raus.

Etwas unangenehm war mir die unvermittelte Aufmerksamkeit, doch ich hatte die Bestätigung, dass ich Niklas in diesem Aufzug wahrhaftig scharfmachen würde.

Im Büro traf ich auf Mia und Christian. Wie jeden Morgen unterhielten wir uns kurz über die anstehenden Termine des Tages.

»Liebste Christin«, schmeichelte mein Arbeitskollege. »Ich habe heute Nachmittag kurzfristig ein Treffen mit einem Stammkunden hereinbekommen. Würdest du ausnahmsweise eine Hausbesichtigung für mich übernehmen?«

Das war mal wieder typisch für ihn. Oftmals verzettelte er sich hoffnungslos mit den Terminen und ich sprang dann für ihn ein. Da Christian jedoch auch anstandslos für mich etwas erledigte, im Falle, dass Lisa erkrankte, konnte ich ihm diese Bitte nicht abschlagen.

»Na gut, ich muss nur schnell meine Nachbarin anrufen. Falls sie für zwei Stunden den Babysitter spielt, übernehme ich gerne die Hausbesichtigung.«

»Du bist ein Schatz, Christin«, sagte er erleichtert. »Sag mir einfach kurz Bescheid, wenn es klappt.«

Ich lächelte ihn zuversichtlich an, ging ins Büro und griff zum Telefonhörer. Während ich mit Leonie telefonierte, stand ich mit dem Rücken zur Tür. Überraschend verspürte ich einen Atem an der Halsbeuge und zuckte erschrocken zusammen. Als ich mich umdrehte, schaute ich direkt in ein Paar meerwasserblaue Augen. Diese betrachteten eingehend meine äußere Erscheinung, als ob sie mich scannen würden.

»Wow«, formte Niklas stumm mit den Lippen. Ich lächelte ihm zu, währenddessen telefonierte ich weiter mit Leonie.

Unvermittelt fasste Niklas mir an den Hintern und streichelte mit der flachen Hand über die Pobacke. Sofort legte ich den Kopf in den Nacken. Ich hoffte inständig, dass jetzt niemand vorbeikam. Unbeirrt strich er am Oberschenkel hinab und griff zielsicher unter den Rock.

Mir stockte der Atem. Wahnsinnig zärtlich fuhr die Handfläche am Bein herauf, bis sie den Rand der Strümpfe ertastete. Prüfend glitten die Finger die Strapsbändchen entlang. Zum Zeichen, dass er das, was ich da Reizvolles trug, ausgesprochen erregend fand, drückte er mir den Unterleib an das Gesäß.

Himmel, hat der schon wieder eine Latte!

Die forschende Hand war mittlerweile am Höschen angekommen. Ruckartig zog er den String zur Seite, steckte mir ohne Vorwarnung einen Finger in die Spalte.

Ich stöhnte unweigerlich in den Hörer.

Am anderen Ende der Leitung fragte Leonie: »Ist alles in Ordnung bei dir?«

Ich entgegnete nur: »Wundervoll.«

Nun aber Schluss damit.

Ich wand mich hin und her, versuchte verzweifelt, den unnachgiebigen Berührungen zu entkommen. Leider hatte es den gegenteiligen Effekt. Er drang nur umso intensiver ein. Eine unbeschreibliche Geilheit durchströmte den Körper, ich fing an zu zittern. Die erste Kontraktion der Scheidenmuskeln kündigte sich an. Ich schaffte es soeben noch rechtzeitig, eine Hand über die Sprechmuschel des Telefonhörers zu legen, bevor ich lustvoll aufstöhnte, als ich kam.

Wahnsinn.

Allerdings wollte ich ursprünglich kontrollieren, wann Niklas erfuhr, was ich unter dem Rock trug.

Das ist vollkommen schief gelaufen. Ich bin gerade mal eine halbe Stunde im Büro und schon bin ich auf seinen Fingern heftig gekommen. Wo soll das heute noch enden?

Endlich zog er sich von mir zurück, nahm auf dem Bürostuhl Platz und schaute mir grinsend beim Telefonieren zu, als wäre nichts geschehen.

Mit einer Hand richtete ich mir den Rock und sah ihn zwischendurch missbilligend an. Gleichzeitig sprach ich weiter mit Leonie, die sich dankenswerterweise bereit erklärte, heute Nachmittag auf Lisa aufzupassen.

»Danke dir. Ich bringe sie nach dem Mittagsschlaf vorbei.« Erleichtert legte ich auf. Jetzt wendete ich mich dem Praktikanten zu und sah ihn strafend an. »Niklas, so geht das nicht.«

»Wieso? Hat es dir nicht gefallen?«, fragte er mit einem unverschämten Grinsen.

Ich schnaufte ungehalten. »Das ist nebensächlich. Das Risiko hier im Büro ist mir zu groß. Ich könnte diesen Job verlieren«, flüsterte ich eindringlich.

»Tja, meine Liebe«, entgegnete er bedauernd. »Ich kann nichts dafür, dass du so scharf bist. Wenn ich dich ansehe, will ich die Kostbarkeiten einfach berühren und dich sofort vernaschen.«

Unsere Blicke tanzten einen leidenschaftlichen Reigen, ich schmolz erneut dahin.

»Aber bitte versprich mir, in Zukunft vorsichtiger zu sein.«

»Was bekomme ich denn dafür?« Die hellblaue Augenfarbe verwandelte sich in ein dunkles Tiefseeblau.

»Wie meinst du das?«

»Na ja, damit ich wachsamer bin, brauche ich eine klitzekleine Belohnung«, konterte er mit einem verschmitzten Lächeln auf den Lippen.

Ich überlegte blitzschnell. »Gut«, sagte ich, »komm mit.« Ich nahm ihn an der Hand, verließ das Arbeitszimmer und zog ihn in die Küchenzeile. Dort drückte ich mich in die hinterste Ecke.

Niklas lehnte unterdessen am Eingang, verdeckte den Blick vom Flur aus.

Aufreizend fixierte ich ihn, während ich im Zeitlupentempo den Rock hochschob, die Ränder der Strümpfe präsentierte, die Strapse. Mit Genugtuung stellte ich fest, dass er gebannt jede meiner Bewegungen verfolgte. Die Pupillen sprühten Funken. Als ich ihm das Höschen vorführte, leckte er sich über die Lippen. Blitzschnell griff ich den Tanga, zog ihn in einem Rutsch hinunter. Anschließend ließ ich das Rockteil in kürzester Zeit nach unten gleiten. Ich bückte mich aufreizend, hob den Slip auf und überreichte ihn würdevoll.

»Hier, Belohnung genug? Ich habe leider keinen Weiteren dabei, also heb ihn sorgfältig auf, womöglich brauche ich ihn heute noch.« Mit diesen Worten rauschte ich triumphierend an ihm vorbei, wobei ich besonders auf einen reizvollen Hüftschwung achtete.

An Christians Büro hielt ich kurz an und steckte meinen Kopf zur Tür hinein. »Du kannst mir die Unterlagen geben. Ich habe für heute Nachmittag einen Babysitter gefunden.«

Er lächelte mich an und bedankte sich. Wenig später brachte er mir die Akte vorbei. Ich schaute sie mir sogleich an, um sicherzustellen, dass ich keine Fragen mehr hatte. Eine Familie suchte ein Haus am Stadtrand. Ein Mietobjekt. Der Termin war um 14:30 Uhr. Das ließ mir genug Zeit, Lisa abzuholen, Mittag zu kochen und sie nach ihrem Schläfchen gegen zwei Uhr bei Leonie abzugeben.

Ich zuckte zusammen, als Herr Werner in mein Arbeitszimmer stürmte.

»Frau König, ich kann leider nicht zur Wohnungsabnahme mitkommen. Ein Stammkunde, Sie wissen schon«, stöhnte er und rollte seufzend mit den Augen. »Aber ich habe den Praktikanten Herrn Engel gebeten, Sie zu begleiten. Auch wenn er noch nicht genügend Erfahrung aufweist: Zwei Augenpaare sehen mehr als eines. Ich muss jetzt zum Termin. Viel Erfolg, Frau König«, fügte er hinzu und verließ mit hastigen Schritten das Zimmer.

Na super, stöhnte ich auf. Bei der Geilheit, die Niklas heute Morgen an den Tag gelegt hatte, konnte ich mir mühelos ausmalen, wo das enden würde. Bei der Aussicht auf ein erotisches Zwischenspiel mit ihm verhärteten sich die Brustwarzen.

Mensch, Christin, das geht nicht, du bist hier bei der Arbeit.

Ich fühlte, dass ich feucht wurde. Erschrocken stellte ich fest, dass ich ja kein Höschen mehr anhatte. Ich musste Niklas bitten, es mir wiederzugeben.

Ich kann unmöglich mit einem Fleck im Rock zum Klienten fahren.

Ich griff zum Telefonhörer und wählte die interne Durchwahl.

»Ja?«

»Ich brauche den Slip.«

»So schnell?«

Ich stellte mir vor, dass er bis über beide Ohren grinste. »Bitte Niklas, ich habe anscheinend vorhin nicht richtig nachgedacht. Bringst du ihn mir?« Ich legte auf, um ihm keine Chance zu geben, mir zu widersprechen.

Kurze Zeit später schlenderte er ins Büro. Verschmitzt lächelte er, zog das Höschen aus der Hosentasche und ließ es vor meinem Gesicht baumeln. »Was bekomme ich denn dafür?«, fragte er erneut scheinheilig.

Wütend starrte ich ihn an. »Jetzt nicht. Ich muss mich auf den Termin vorbereiten«, fauchte ich zurück.

»Das sollten wir zusammen planen. Schließlich werde ich dich begleiten«, versuchte er zu schlichten. Als ich nach dem Höschen greifen wollte, entzog er es mir. »Erst die Gegenleistung.«

Na gut, dachte ich, wie du willst.

Ich stand auf und schaute prüfend aus dem Bürozimmer in Richtung Küche. Niemand zu sehen. Erneut nahm ich Niklas bei der Hand und führte ihn zu Herrn Werners Arbeitszimmer. Leise schloss ich die Tür hinter uns. Leider gab es keinen Schlüssel. Aber egal. Ich tänzelte zum Schreibtisch, schob einige Unterlagen beiseite und drehte dem Praktikanten den Rücken zu. Dabei stützte ich mich mit den Handflächen auf der Schreibtischplatte ab, wackelte einladend mit dem Hinterteil. Niklas wusste sofort, was ich wollte. Ich blinzelte über die Schulter und sah aus den Augenwinkeln, wie er bereits den Penis aus der Hose befreite.

Entschlossen griff ich nach hinten, öffnete den Reißverschluss des Rockes und ließ ihn aufreizend an den Beinen hinuntergleiten. Zügig schlüpfte ich heraus und bückte mich lasziv, um ihn aufzuheben. Dabei neigte ich verlockend den Kopf zur Seite und bewunderte währenddessen Niklas' prächtigen Luststab. Ich hob den Faltenrock auf, warf ihn auf den Bürostuhl und nahm wieder die Ausgangsposition ein.

Sofort trat der liebestolle Kerl heran und griff mit einer Hand von hinten zwischen meine Oberschenkel.

»Christin, du gieriges Luder, du bist schon so nass, ich kann ihn direkt in dir versenken.«

»Worauf wartest du«, seufzte ich.

Er positionierte seine Lanze am Eingang der Lustgrotte und stieß unbarmherzig zu.

Oh, Mann, ist das schon wieder geil. Ich lasse mich jetzt vom Praktikanten im Büro des Chefs so richtig rannehmen. Dabei trage ich unten rum nur noch meine Strapse.

Sofort fing er an, kräftig zu stoßen. Ich stöhnte los. Auch Niklas konnte seine Geilheit nicht mehr aushalten.

Er grunzte: »Ja Christin ... das hast du gebraucht.«

»Ja, fester ...«, japste ich.

Wir genossen es. Wir vögelten wie die Wilden. Ich fühlte, wie es mir ganz heftig kam. Diese verfängliche Situation und die Enthaltsamkeit am Wochenende ließen mich explodieren. Ich wollte im Augenblick nur noch den sexuellen Trieb ausleben, den Orgasmus genießen. Die Beine zitterten; ich stützte den Oberkörper auf dem Schreibtisch ab.

»Aber nicht in mir ...«, stieß ich hervor.

»Wohin willst du es denn haben?«, keuchte er zurück.

»In den Mund ... oh, ich komme!«

Ich zuckte wie verrückt. Die Scheide krampfte sich um Niklas' Prügel, als wollte sie ihn nie wieder freigeben. Ich biss in die Faust, damit ich nicht vor vibrierender Lust das gesamte Büro zusammenbrüllte.

Überraschend zog er den Stab zurück, drehte meinen Körper herum und drückte mich in die Knie. Ich schaffte es eben noch rechtzeitig, die Lippen über den heftig pulsierenden Penis zu stülpen. Ich schluckte und schluckte, während der Liebesstab immer weiter bebte.

Langsam ebbte der zähflüssige Strom ab. Ich öffnete den Mund und holte intensiv Luft. Anschließend leckte ich genüsslich alles sauber und beobachtete dabei fasziniert die entspannten Gesichtszüge meines Lovers.

»So, fertig«, grinste ich, wobei er zufrieden brummte.

Niklas überreichte mir mit einer Verbeugung den Slip: »Das hast du dir echt verdient, Christin.«

Ich lehnte lächelnd am Schreibtisch und bat ihn, mir beim Anziehen zu helfen. Er hob meinen linken Oberschenkel an. Ich stieg ins Höschen, danach das rechte Bein. Langsam zog er mir den Tanga hoch. Ich war schon wieder geil. Er zog ihn immer höher, bis er da saß, wo er hingehörte. Selbstverständlich ließ es sich Niklas nicht nehmen, mir vorher noch einmal mit der Zungenspitze durch die feuchte Grotte zu lecken. Ich erschauerte.

Als wir angezogen waren, öffnete ich vorsichtig die Bürotür einen Spalt. Niemand zu sehen; also raus und zurück ins Arbeitszimmer. Das Herz sprang in der Brust, der Puls raste die Adern entlang.

Nach einiger Zeit atmete ich beruhigt durch. Unser Schäferstündchen war zum Glück keinem aufgefallen.

Ich packte die Tasche und wir verließen zusammen das Bürozimmer. Als wir am Empfang vorbeikamen, hielt ich kurz an, schnappte mir einen Zettel und notierte die Wohnungs-Adresse.

Ich unterrichtete Niklas: »Herr Engel, wir können jetzt los. Bitte seien Sie doch so nett und fahren mit Ihrem eigenen Wagen. Ich werde im Anschluss an die Wohnungsübergabe meine Tochter vom Kindergarten abholen. Wir treffen uns dann an der Wohnung. Hier ist die Adresse.«

Ich überreichte ihm ein gefaltetes Blatt Papier. Er öffnete den Zettel und sah nicht nur die Anschrift, sondern ich hatte ihm noch etwas dazugeschrieben: »Niklas, es fällt mir wirklich schwer, aber wir müssen einfach vorsichtiger sein. Ich kann es nicht riskieren, den Job zu verlieren. Danke, Christin.«

Auf der Fahrt zur Wohnung ging mir einiges durch den Kopf. Wenn wir nicht vorsichtiger wurden, war es nur eine Frage der Zeit, bis unsere Affäre aufflog. Andererseits reizte genau diese Gefahr. Das machte mich tierisch scharf. Wir konnten scheinbar immer und überall. Bei dem Gedanken kicherte ich amüsiert.

So, genug, jetzt muss ich mich auf die Wohnungsabnahme konzentrieren.

An der Wohnung angekommen, sah ich Niklas vor der Tür stehen. Wir klingelten, aber niemand öffnete. Ich guckte noch mal in meinen Terminkalender, 10:30 Uhr, wir waren pünktlich.

Unvermittelt riss der Hausmeister die Tür auf und schaute uns mürrisch an. »Hallo«, blaffte er unwirsch. »Herr Berger wird sich leider etwas verspäten. Er hat mich gebeten, Sie vorab in die Wohnung zu lassen; dann können Sie schon mal beginnen.«

Ok, auch recht, dachte ich. So kann ich mich voll auf das Auffinden von Mängeln konzentrieren.

Wir folgten dem Hausmeister in den dritten Stock. Er öffnete griesgrämig die Wohnungstür und schlürfte ohne ein weiteres Wort davon.

Da standen wir nun in der Wohnung eines Fremden. Kaum war die Tür ins Schloss gefallen, zog Niklas mich zu sich heran.

»Na, ungefährlich genug?«, raunte er mit blitzenden Augen.

»Hör auf, lass uns lieber anfangen«, erwiderte ich ungehalten und versuchte ihn wegzuschieben.

»Ja«, sagte er, während er meinen Körper unnachgiebig an die Wand im Flur drängte. Sofort überschüttete er mich mit Küssen. Seine Hand ging bereits erneut auf Wanderschaft. In Windeseile hatte er das Top über die Brüste geschoben und leckte an den erhärteten Nippeln.

Ich wollte ihn stoppen, doch ich schaffte es nicht. Ich war zu erregt. Ruck, zuck schob er den Rock hinauf und ich merkte, wie er versuchte, den Slip hinunter zu ziehen. Da ich jedoch ein Bein um Niklas' Hüften geschlungen hatte, war das unmöglich. Kurzentschlossen hob er mich einfach hoch und trug mich in den nächsten Raum, die Küche. Er legte mich auf dem Küchentisch ab und sofort fuhren seine Finger wieder unter den Rock, zogen mir das Höschen aus.

»Nicht«, stöhnte ich auf. »Wir haben keine Zeit. Der Besitzer wird jederzeit kommen«, hauchte ich und versuchte halbherzig, die forschenden Handflächen abzuwehren.

»Ich kann auch jederzeit kommen«, raunte er heiser vor Erregung. »Ich will meinen Lustsaft in dein geiles, enges Möschen spritzen.«

Entsetzt schlug ich auf die liebkosenden Hände ein. »Das geht nicht! Du weißt, dass das Zeug dann immer aus mir raus läuft, weil du so viel davon verspritzt«, jammerte ich los.

Trotzdem, Niklas war nicht zu bremsen. »Hier gibt es doch ein Bad. Da kannst du dich anschließend frisch machen. Jetzt will ich dich, meine kleine, geile Schlampe. Guck dich an, wie du dich nach meinem Schwanz sehnst.«

»Oh Niklas, bitte. Das ist nicht richtig.«

»Sag mir, ob das nicht richtig ist.«

Mit diesen Worten schob er den stattlichen Riesen mühelos in mich rein.

Sofort entfuhr mir ein überraschter Lustschrei.

»Na siehst du, du willst es doch.«

Meine Gegenwehr bröckelte, fiel unaufhaltsam in sich zusammen. »Ja, ich will es. Fick mich richtig. Oh, das tut so gut«, gurgelte ich lustvoll.

»Du scharfe Stute. Ja, besamen werde ich dich, bis du nicht mehr kannst. Jaaaaaaa!« Mit diesem Urschrei stieß er heftig zu.

Ich lag auf dem Rücken auf dem Küchentisch in einer fremden Wohnung. Die Brüste wurden von dem Praktikanten geknetet, der Rock war über die Hüften geschoben. Das Höschen lag auf dem Boden und die in Strümpfe gehüllten Beine zappelten unkontrolliert in der Luft, bei jedem Stoß aus Niklas' Lenden. Ich konnte nicht anders, als mich dem geilen Gefühl hinzugeben und mich zum zweiten Mal an diesem Vormittag von ihm besteigen zu lassen.

Ich legte die Unterschenkel auf seine Schultern und drückte ihm verlangend das Becken entgegen, sodass er in einem noch günstigeren Winkel zustoßen konnte.

Dabei spießte er die Spalte quasi auf. Der Speer drang so intensiv in mich ein, dass ich glaubte, er prallte direkt bis an die Gebärmutter. Ich kam mir supersexy und geil vor, wollte diesen Monsterschwanz in mir spüren. Ich konnte mir nichts Schöneres vorstellen und Niklas scheinbar auch nicht. Er fickte wie ein Wahnsinniger. Immer wieder zog er die glühende Lanze fast vollständig aus mir raus und stieß hinterher umso heftiger zu. Ich schrie nur noch.

Urplötzlich zog er ihn erneut zurück, doch diesmal verharrte er zwischen den Schamlippen.

Ich flehte ihn an: »Bitte schieb ihn rein ... ich brauche das jetzt.«

Ich kam mir schäbig vor. Hier lag ich, eine 32-jährige, verheiratete Frau und Mutter, bei einem Geschäftstermin und ließ mich von einem 25-jährigen Praktikanten nageln.

Wenn das nicht so geil wäre, würde ich sofort in Tränen ausbrechen. Und der Bengel trieb seinen Stab immer noch mit einer Urgewalt in die mittlerweile triefende Spalte. Ich fieberte dem erneuten Höhepunkt entgegen, dem Dritten an diesem Morgen. Ich sollte nicht lange warten. Ich bemerkte bereits das vertraute Zucken in meiner Scheide.

Ja ich kam, und wie. Der Kerl war der Wahnsinn. Er brachte mich zu Orgasmen, die ich mir in den feuchtesten Träumen nicht ausgemalt hatte. Und Niklas konnte anscheinend immer noch, variierte gekonnt das Tempo der Stöße; zum wahnsinnig werden. Ich flehte ihn an zu spritzen. Eine nächste Orgasmus-Welle überrollte meinen vibrierenden Körper. Die Vaginal-Muskeln quetschten den Stab wie eine Zitrone. Ich wollte den Saft tief in mir spüren. Und dann war es endlich so weit. Er kam gewaltig. Nach dem fünften Zucken hörte ich auf zu zählen. Ich fragte mich, woher er die Kraft dazu nahm.

Mir sollte es egal sein. Ich genoss den Orgasmus in vollen Zügen und wie schon bei den anderen Orgasmen, quoll das Sperma aus der Spalte hinaus. Als er langsam runterkam, gab er mir noch drei, vier heftige Stöße, zog dann den Schwanz aus meiner Grotte, gefolgt von einer gehörigen Menge Samen. Das Zeug lief direkt auf den Fußboden der Küche.

Ich blieb erschöpft liegen. Niklas setzte sich entkräftet auf einen Küchenstuhl und atmete kräftig durch. Ich griff nach seiner Hand und lächelte ihn an.

»Das war wunderschön. Danke Niklas.«

»Wunderschön?«, lachte er. »Das war der Hammer. Du und deine Möse, ihr macht mich total fertig. Ich glaube, ich falle gleich in Ohnmacht.«

Sollte ich ihn etwa an seine Leistungsgrenze gebracht haben? Ich grinste. Es kam mir wie eine Ewigkeit vor, bevor wir uns langsam erhoben und ich im Bad verschwand. Dort reinigte ich mich von unseren Liebesspuren, zog das Höschen erneut an und richtete die Klamotten.

Als ich aus dem Bad kam, hatte Niklas mit der Begehung der Wohnung angefangen und in der Küche die Anzeichen des gemeinsamen Sexspiels beseitigt. Allerdings zeigte die Küchenwand deutliche Abdrücke. Er musste so heftig in mich eingedrungen sein, dass der Tisch bei jedem Stoß gegen die Wand geschlagen worden war. Eine eingerissene Tapete und abbröckelnder Putz waren das Resultat.

Ich lächelte und schrieb es auf die Mängelliste. Als wir einen Großteil der Zimmer unter die Lupe genommen hatten, hörten wir den Mieter die Wohnung betreten. Er entschuldigte sich für das späte Auftauchen.

»Kein Problem«, erwiderte ich großzügig. »Wir haben die Zeit sinnvoll genutzt, sodass wir sofort die Auflistung durchgehen können.«

Nach dreißig Minuten waren wir fertig. Als ich ihm die Liste mit den zu erledigenden Reparaturen vorlegte, stutzte er bei den Mängeln in der Küche. Er verzog die Augenbrauen, unterschrieb aber trotzdem ohne einen Kommentar und wir verabschiedeten uns höflich.

Puh, erledigt.

Kurz bevor Niklas und ich zusammen die Wohnung verließen, drückte er mich nochmals gegen die Wand. Mit einer Hand strich er sanft über den Schamhügel. Dabei übte er leichten Druck aus. »Wenn du willst, komme ich dich am Nachmittag wieder besuchen«, raunte er dicht an meinem Ohr.

Ein erregender Schauer rieselte den Rücken hinunter, doch ich wimmelte ihn ab. »Unmöglich. Ich habe noch einen Geschäftstermin. Außerdem wird uns nach diesem Vormittag eine Erholungspause gut tun.« Ich küsste ihn zärtlich auf den Mund.

»Na gut. Aber dann kann ich morgen für nichts garantieren«, kommentierte er die Abfuhr mit einem breiten Grinsen im Gesicht. Ich hauchte ihm zum Abschied nochmals einen Kuss auf die Lippen, riss mich los und verschwand durch die Haustür.

Es war kurz vor zwölf, als ich am Kinderhort ankam, um Lisa abzuholen. Mir blieben ein paar Minuten Zeit als Verschnaufpause. Ich saß im Wagen und dachte über das gerade Geschehene nach.

Ich bin eine Schlampe, schoss es mir eiskalt durch den Kopf. Mein Verstand rebellierte, aber die Lustgrotte glühte noch immer. Unwirsch verband ich die mahnenden Gedanken. Es hatte Spaß gemacht und ich konnte es auch nicht mehr rückgängig machen.

Nach fünf Minuten verließ ich das Auto und betrat den Kindergarten. Ich war die Erste der abholenden Mütter und setzte mich im Vorraum erschöpft auf die Kinderbank. Beim Blick durch den Raum musste ich unwillkürlich schmunzeln. Überall lagen Rucksäcke und Schuhe umher. Ich beneidete die Kindergärtnerinnen nicht. Hier den Überblick zu behalten, das erschien mir unmöglich.

Ich musterte mein Gesicht im Spiegel gegenüber. Ich sah glücklich und entspannt aus. Die Wangen glühten von dem leidenschaftlichen Sex. Von Neuem strömten Schuldgefühle an die Oberfläche, die ich jedoch mit einer abfälligen Handbewegung wegwischte.

Jetzt erst fiel mir auf, dass der linke Strumpf verdreht war.

Oh nein, das muss bei dem heftigen Fick auf dem Küchentisch passiert sein. Hoffentlich ist es dem Mieter nicht aufgefallen!

Der Gedanke daran war mir peinlich. Ich schaute mich kurz um und vergewisserte mich, dass sich niemand in der Nähe befand. Ich fuhr mit den Händen am Unterschenkel entlang und richtete hektisch den Strumpf. Ich musste den Rock etwas hochschieben, damit ich den Seidenstrumpf in die passende Position drehen konnte.

Mit einem Mal hatte ich das ungute Gefühl, dass mich jemand beobachtete. Erschrocken zog ich das Rockteil hastig zurück und schaute mich um. Niemand zu sehen.

Das habe ich mir wohl nur eingebildet.

Erneut schob ich den Rock hinauf und vollendete das Werk. Sogar die Straps-Bändchen waren verrutscht.

Würde mich jetzt jemand ansehen, er hätte einen vorzüglichen Blick auf die nackten Schenkel oberhalb der Strumpfränder.

Sorgfältig richtete ich zum Schluss den Stoff über die Oberschenkel. Ich schaute ungeduldig zur Uhr und stand auf, um ein wenig durch den Raum zu laufen. Zwei Mütter betraten in dem Augenblick den Kindergarten. Mit einem Augenaufschlag zur Seite sagten sie im Duett: »Hallo, Herr Krüger.«

Ich folgte ihren Blicken und sah jetzt den Hausmeister hinter der Ecke hervorkommen.

Wie lange steht er schon da? Habe ich mich vorhin doch nicht getäuscht? Hat er etwa meine Strumpfaktion beobachtet?

Ich musterte ihn von oben bis unten. Als ich am Schritt ankam, hatte ich den Eindruck, eine deutliche Wölbung der Arbeitshose erkennen zu können.

Also doch, das Schwein hat tatsächlich gespannt.

Die anfängliche Empörung wandelte sich in Aufregung. Eigentlich ganz schön geil. Da schaffst du es, innerhalb von Sekunden, diesem gestandenen, älteren gut aussehenden Kerl einen Ständer in die Hose zu zaubern.

Ich fühlte mich bestätigt und sexy.

Christin, letzte Woche wärst du rot angelaufen und vor Scham im Boden versunken. Heute macht dich der Gedanke daran, dass du einen anderen Mann scharfgemacht hast, total an. Was ist bloß los mit dir?

Es kribbelte wieder zwischen den Beinen.

Mittlerweile erschienen immer mehr Mütter, um die Kids abzuholen. Auf einmal öffneten sich mit einem tosenden Lärm die Türen der Gruppenräume. Wie jeden Tag stürzten die Kinder den Mamas entgegen. Lisa sprang mir in die Arme und gab mir ein stürmisches Küsschen. Wir suchten den Rucksack und die Schuhe zusammen. Ich hockte mich vor sie hin und zog ihr die Schnürschuhe an. Als ich den Kinder-Rucksack aufheben wollte, sah ich zuvor nochmals kurz nach hinten zur Tür.

Herr Krüger stand noch immer an der Ecke und beobachtete das Treiben. Ich wandte ihm den Rücken zu und bückte mich lasziv vorwärts. Dabei spannte sich der Rock über meinem Po, rutschte unweigerlich an den Oberschenkeln hinauf. Ich war mir sicher, dass ihm jetzt der Atem stockte und das Blut in die Männlichkeit schoss. Zusätzlich merkte ich grinsend, dass sich die Straps-Bändchen durch das Röckchen abzeichneten.

Ich verharrte etwas länger in dieser Position, bevor ich mich langsam aufrichtete. Als ich mich umdrehte, um zur Tür zu gehen, atmete ich kräftig ein. So kamen die Brüste ausgezeichnet zur Geltung. Da ich unter dem Top keinen BH trug, achtete ich darauf, dass er die Nippel gut sehen konnte. Mit einem Lächeln in seine Richtung stolzierte ich mit Lisa an der Hand an ihm vorbei. Ich sah noch, wie er sich verschämt wegdrehte und dabei hastig an den Schritt griff, höchstwahrscheinlich, um die Latte zu richten.

Ich bin schon ein verdammtes Biest, schoss es mir durch den Kopf. Na ja. So habe ich diesem Mann zumindest eine wunderbare Wichsvorlage geboten.

Darüber war ich mir sicher.

Zu Hause angekommen fiel ich in die alltägliche Routine. Mittagessen kochen, Lisa ins Bett bringen und abwaschen. Es war halb zwei, als ich meine hausfraulichen Pflichten erledigt hatte. Noch dreißig Minuten, bevor ich mich auf den Weg zur Hausbesichtigung machen musste.

Ich nahm mir nochmals die Unterlagen zur Hand. Eine Familie mit drei Kindern suchte ein Haus, da die Eltern wegen beruflicher Veränderungen hierher ziehen wollten. Viel mehr gab die Akte nicht her. Da die Kriterien für das Objekt sehr spezifisch waren, ging ich davon aus, dass es sich bei den Kids um ältere handelte. Jedes sollte ein eigenes Zimmer bekommen mit Fernseh- und Internetanschluss, ein großräumiges Schlafzimmer für die Eltern, mindestens zwei Bäder und ein Büroraum. Dazu wurden wir gebeten, darauf zu achten, dass eine moderne Küche vorhanden sei. Das Wohnzimmer sollte geräumig sein und man wünschte einen Kamin.

Als ich mir die Objekte anschaute, fiel mir auf, dass die Wohnobjekte die genannten Kriterien erfüllten. Ich war überzeugt, dass sie sich für eines der beiden Häuser entscheiden würden. Da sie nicht weit voneinander entfernt lagen, sollte ich mit zwei bis drei Stunden gut hinkommen. Es war ja schließlich das erste Aufeinandertreffen. Aufgrund des Zeitplanes, den der Kunde vorgab, würde er sich mit Sicherheit zügig entschließen.

Soll mir nur recht sein.

Ich platzierte die Akte auf dem Wohnzimmertisch und streckte die Beine auf dem Sofa aus, um mich ein wenig zu entspannen.

Sofort schweiften die Gedanken ab. Ein ereignisreicher, erregender Vormittag lag hinter mir. Ich war bereits mehrmals zum Höhepunkt gekommen und das um diese Uhrzeit. Ich konnte nicht anders. Ich legte die Handfläche in den Schritt und drückte langsam zu.

»Oh«, entfuhr es mir. Ich war immer noch total geil. Rasch zog ich den Rock empor und zog vor Begierde zitternd das Höschen aus. Mit der linken Hand griff ich mir sofort zwischen die Beine, die Finger fuhren sanft durch die feuchte Spalte. Mit dem Daumen strich ich über den geschwollenen Kitzler.

Ich stöhnte erneut auf. Jetzt vergrub ich den Mittelfinger in der Grotte. Ein wiederholter Seufzer. Mit klopfendem Herzen glitt die andere Handfläche unter das eng anliegende Top und knetete den Busen. Keuchend befreite ich sie, indem ich das Oberteil hoch zerrte. Schwer atmend zwirbelte ich die steinharten Knospen, während die eine Hand immer rasanter die Muschi verwöhnte. Ich begann heftig zu stöhnen und schloss die Augen in der Erwartung eines traumhaften Höhepunktes.

»Maaaaaami«, hörte ich auf einmal die quengelnde Stimme meiner Tochter. Ich schreckte hoch und hatte Mühe, mich zu orientieren.

Schleunigst das Top über die Brüste und den Rock über die Schenkel. Es konnte mir nicht schnell genug gehen. Sekunden später stand Lisa mit einem Kuscheltier im Arm im Wohnzimmer.

»Hast du gut geschlafen, mein Engel?«, versuchte ich sie zu beruhigen. Sie stürmte herein, umarmte mich und nickte.

Puuh, das ist noch mal gut gegangen.

Ich war wütend auf meine Unvorsichtigkeit; fast hätte sie ihre Mutter bei der Selbstbefriedigung erwischt. Ich musste vorsichtiger sein, mich beherrschen.

Was ist bloß aus mir geworden? Eine schwanzgeile Frau, die nicht mehr anders kann, als sämtliche Hemmungen fallen zu lassen?

Ja, es machte mir wahnsinnigen Spaß, mit Niklas zu schlafen, aber mehr war da nicht. Egal, ich schob die Gedanken beiseite.

Wir mussten uns jetzt beeilen. Lisa lief schnell noch mal in ihr Zimmer, um einige Spielsachen zu holen. Ich schnappte mir die Pumps, schlüpfte hinein und legte die Riemchen um meine Fußgelenke. Dann griff ich mir die Unterlagen und los ging's.

Im vierten Stock klingelte ich bei Leonie. Ihr Sohn Marc öffnete die Tür. Er mochte Lisa sehr und die beiden waren sofort im Kinderzimmer verschwunden. Ich sah seine Mutter im Flur stehen, bedankte mich bei ihr und rief ihr noch zu, dass ich Lisa in ca. zwei bis drei Stunden wieder abholen würde. Schnell zog ich die Tür zu und eilte die Treppen runter. Ich stieg in den Wagen und fuhr los.

✳ ✳ ✳

Nach zwanzig Minuten erreichte ich das erste Objekt. Vor dem Haus parkte ein dunkles, großes Auto, ein Sharan. Als ich hinter dem Wagen anhielt, öffnete sich die Fahrertür und ein attraktiver Mann im Anzug stieg aus. Ich lächelte und ging selbstbewusst mit wiegenden Hüften auf den Kunden zu. Das gab ihm die Gelegenheit, mich von Kopf bis Fuß zu mustern. Ich kannte das. Männer konnten das nur nicht so gut verstecken wie wir Frauen. Auch ich musterte ihn verstohlen von oben bis unten, nur mit dem Unterschied, dass er davon nichts bemerkte. Ein durchaus interessantes Mannsbild. Ich schätzte ihn auf Mitte vierzig. An den Haarspitzen blitzten silbrige Strähnchen auf. Ein toller Körperbau ohne erkennbaren Bauchansatz.

»Guten Tag«, begrüßte er mich und streckte mir die kräftige Hand entgegen. »Mein Name ist Paul Singer.«

»Guten Tag Herr Singer, ich bin Christin König vom Maklerbüro Werner.« Dabei schüttelten wir uns die Hände.

»Ich habe ursprünglich Herrn Wolf erwartet«, strahlte er mir entgegen.

»Herr Wolf ist leider verhindert. Ich bin mit Ihrem Fall vertraut und ich hoffe, Sie nehmen auch mit mir vorlieb?« Ich schenkte ihm ein hinreißendes Lächeln.

»Oh, das wollte ich nicht damit sagen. Natürlich, ganz im Gegenteil. Ich verhandel liebend gern mit attraktiven Frauen.«

Hoppla, dachte ich, was ist denn das? Baggert der mich etwa an?

»Darf ich vorgehen?«, säuselte ich.

»Sehr gerne, Frau König.«

Ich bemerkte aus den Augenwinkeln, dass er mir auf das Hinterteil starrte. Ich stolzierte die kurze Treppe zur Eingangstür hinauf. Abermals verspürte ich regelrecht den heißen Blick auf die Beine und den Hintern. Ich öffnete die Haustür und wollte ihn zuerst eintreten lassen. Aber als echter Gentleman legte er eine Hand an meinen Rücken und schob mich leicht durch die Tür.

»Nach Ihnen«, tönte er mit klangvoller Stimme.

Nacheinander betraten wir das Haus. Es war praktisch einzugsfertig. Ich schilderte ihm die Aufteilung der Räume. Besonders interessierten ihn die Küche und das Wohnzimmer. Die Küche gefiel ihm auf Anhieb. Das Wohnzimmer schien jedoch nicht so seinen Vorstellungen zu entsprechen.

»Ich weiß nicht, ob uns dieser Wohnraum gefallen wird. Meine Frau hat da sehr konkrete Vorgaben. Na ja, wir können ja erst mal die anderen Räume begutachten.« Dabei wanderte der Blick an meinem Körper runter und blieb an den Oberschenkeln haften.

Na, der ist ja dreist. Zieht mich einfach so mit seinen Blicken aus. Und das ist ihm noch nicht einmal peinlich. Gut, wenn er das so will. Das Spielchen können auch zwei spielen.

»Ich gehe dann vor«, gurrte ich und schritt die Treppe hinauf in den ersten Stock. Dabei achtete ich darauf, dass sich die weiblichen Hüften mehr als normal bewegten. Ich wusste, er starrte mir auf meinen knackigen Po. Oben angekommen zeigte ich ihm die Schlafzimmer und die Bäder. Seine Miene hellte sich etwas auf.

Nach einer halben Stunde sagte er: »Vielen Dank, Frau König. Hervorragend ausgewählt. Trotzdem würde ich gerne noch das andere Miet-Objekt ansehen.«

»Kein Problem. Ich schlage vor, ich fahre vor und Sie folgen mir einfach. Es ist sozusagen direkt um die Ecke.«

Wir fuhren zum zweiten Haus, welches das Maklerbüro für Familie Singer als mögliches Objekt auserkoren hatte. Hier folgte das gleiche Spiel wie vorher. Wir schauten uns anfangs Küche und Wohnzimmer an. Diesmal sah man ihm deutlich die Unzufriedenheit an.

»Also Frau König, wenn das Obergeschoss mich jetzt nicht völlig überzeugt, dann kommt dieses Haus keinesfalls in Frage.«

Nachdem wir die oberen Zimmer inspiziert hatten, war klar, dass die Immobilie nicht vollständig den Wünschen der Familie Singer entsprach. Er fragte, ob es meine Zeit zuließe, nochmals zum ersten Haus zu fahren. Es war kurz nach vier Uhr, und ich hatte Leonie ja gesagt, dass die Besichtigung bestimmt drei Stunden dauern könnte. Schließlich war der Kunde König. Also, wieder den Weg zurück. Mittlerweile fing es an zu dämmern.

Als wir das Haus erneut betraten, musste ich bereits die Beleuchtung einschalten. Allerdings waren nur in einigen Zimmern Glühbirnen in die Fassungen der Lampen geschraubt. Ich wusste aber, wo zusätzliche lagerten und sagte, dass ich kurz noch die Birnen einsetzen würde, damit wir genug Licht hätten. Ich stieg zügig ins Obergeschoss. Herr Singer schaute sich derweil nochmals im Erdgeschoss um. Oben nahm ich mir einen Stuhl und kletterte hinauf, um eine Glühbirne anzuschrauben. Das war eine ganz schön wackelige Angelegenheit. Ich musste mich richtig strecken.

Nachdem ich zwei Räume mit ausreichend Licht versorgt hatte, ging ich in eines der Kinderzimmer, um dort ebenfalls eine Birne einzusetzen. Als ich auf dem Stuhl stand, merkte ich, wie er unter mir wegkippte. Ich sprang. Als ich landete, knickte der rechte Fuß um. Meine High Heels waren eben nicht die passenden Schuhe für solche Klettertouren.

Ich schrie auf vor Schmerz und sackte auf dem Fußboden zusammen. Herr Singer kam die Treppe hochgerannt und erkundigte sich erschrocken, was passiert sei. Sofort erkannte er jedoch die Situation, als er den umgekippten Klappstuhl auf dem Boden liegen sah. Ich hockte daneben mit schmerzverzerrtem Gesicht.

»Haben Sie starke Schmerzen?«, fragte er besorgt.

»Es geht. Ich muss nur einen Moment sitzen.«

»Warten Sie, ich helfe Ihnen sofort. Ich drehe nur schnell die Glühbirne ein.«

Er nahm den Stuhl und schraubte die Birne ein. Dann half er mir, mich auf den Stuhl zu setzen.

»Zeigen Sie mal her«, sagte er und kniete sich hin. Er griff nach meinem Fuß. Zunächst löste er das Riemchen und zog mir den Schuh aus. Er fasste mit der Hand behutsam unter den Fuß und mit der anderen ans Gelenk. Weiterhin bewegte er den Fuß vorsichtig nach links und rechts. Ein bohrender Schmerz schoss durch den Knöchel. Erschrocken schrie ich auf. Sofort stoppte er die Bewegung.

»Das kenne ich vom Sport, Frau König. Das ist nur leicht verstaucht. Haben Sie etwas, mit dem ich es kühlen kann?«

Ich überlegte. »In der Abstellkammer im Erdgeschoss liegen einige Lappen. Wenn Sie die mit kaltem Wasser tränken, müsste das gehen.«

Er stellte den lädierten Fuß vorsichtig auf dem Boden ab und lief die Treppe hinunter. Kurze Zeit später kam er mit zwei Läppchen wieder. Erneut kniete er sich vor mich und nahm wiederum behutsam den verletzten Fuß in die Hand.

»Das wird jetzt kalt«, warnte er und wickelte ein feuchtes Tuch um den Fußknöchel.

»Autsch«, rutschte es mir heraus, »aber die Kühle tut gut.«

»Sehen Sie, ist doch gar nicht so schlimm«, tröstete er und massierte sanft den Fuß. Dabei hob er das Bein unmerklich an.

Ich bemerkte, wie der Schmerz immer mehr nachließ. Er veränderte die Position leicht und saß nun direkt vor mir. Während er weiter knetete, fingen wir an, über seine Eindrücke von dem Wohn-Objekt zu sprechen.

»Nun ja, Frau König. Sie müssen verstehen, wir wollen uns an diesem Ort auch richtig wohlfühlen. Es ist für die Kinder und meine Frau ohnehin schwer genug, das alte Haus zu verlassen. Ich bin bereits seit zwei Monaten in der Stadt und habe mich mittlerweile an die ungewohnte Umgebung gewöhnt. Was soll denn der Spaß hier so kosten?«

»Nun ja, der Vermieter möchte gerne 2.500 Euro an Miete, plus Nebenkosten. Ich bin ganz ehrlich, 2.000 Euro würden auch reichen. Ich kann mal schauen, was sich da noch machen lässt.«

»So, so. Sie wollen nur mal schauen. Wie viel ist denn für Sie drin?«

Irritiert hob ich den Kopf. »Wie meinen Sie das? Wir nehmen unseren üblichen Satz von drei Monatsmieten als Provision.«

»Was würden Sie dafür unternehmen, dass ich heute unterschreibe?«

Meine Augen weiteten sich. Argwöhnisch starrte ich ihn an.

»Wie meinen Sie das, Herr Singer?«, wiederholte ich die Frage misstrauisch.

Er grinste verschmitzt. »Na, wenn ich mir so die Aussicht anschaue ...«

In diesem Augenblick merkte ich, dass er durch seine Sitzposition eine perfekte Sicht unter meinen Rock hatte. Plötzlich fiel mir ein: Ich hatte ja gar kein Höschen an. Das hatte ich mir ja vorhin ausgezogen. Hitze ließ meinen Kopf glühen.

Will der jetzt ehrlich, dass ich für den Abschluss des Vertrages die Beine breitmache?

Ich tat erst mal ganz scheinheilig. »Welche Aussicht meinen Sie?«

»Nun ja, Frau König. Ich bin es im Grunde genommen nicht gewohnt, dass sich mir ein Geschäftspartner ohne Höschen präsentiert.«

Ach du meine Güte, worauf habe ich mich da nur eingelassen? Trotzdem zitterte ich vor Erregung. Ich konnte die Spannung zwischen uns kaum ertragen.

Er nutzte den Schock schamlos aus und seine Handfläche wanderte unaufhaltsam am Unterschenkel hinauf. Ehe ich protestieren konnte, hatten die Finger längst die Kniekehle erreicht. Mit der anderen Hand drückte er meinen Fuß in seinen Schritt. Ich fühlte, dass er bereits eine ordentliche Latte in der Hose hatte.

»Ich ... ich ... ähhh«, stammelte ich.

»Nun mal ganz ruhig, Sie geiles Stück und einfach genießen.« Zärtlich küsste er den Fuß, den Spann, jeden einzelnen Zeh. Dann fing er an, die Zehen zu lutschen. Währenddessen strich er am Unterschenkel rauf und runter.

Ich seufzte.

Er lächelte triumphierend. »Na also, ich wusste doch, dass Ihnen das gefällt.«

»Mhm«, schnurrte ich. »Sehr sogar. Bitte nicht aufhören.«

»Das habe ich nicht vor. Im Gegenteil«, raunte er und schob dabei die Handfläche vollständig unter den Rock.

Ich zuckte zusammen, als ich die Fingerspitzen an den nackten Oberschenkeln spürte. Vor Erregung hielt ich die Luft an. Die Scham pulsierte. Er war nur noch Zentimeter vom Lusteingang entfernt.

Ich fühlte den Lustsaft aus der Spalte sickern. Dann berührten mich endlich die Fingerkuppen. Sanft und zärtlich streichelte er die angeschwollenen Schamlippen, bis er unvermittelt die flache Hand über dem Schamhügel ablegte und leichten Druck ausübte.

Ich stöhnte auf, spreizte die Oberschenkel auseinander, sodass er direkten Zugang zum Schatzkästchen hatte.

»Wunderbar, wie Sie sich anfühlen, Frau König. Ich bin mir fast schon sicher, dass wir das Haus nehmen werden«, schmeichelte er mit belegter Stimme.

In diesem Augenblick bröckelte mein Widerstand. Ich wollte, dass er weitermachte. »Leck mich endlich!«, fuhr ich ihn barsch an.

In seinen Augen flackerte die Gier, die Pupillen versprühten lustvolle Blitze. »Ah, Frau König mag es derb. Na das können Sie haben, Sie geiles Stück.«

Mit diesen Worten griff er an den Saum des Rockes und schob ihn mir bis zu den Hüften hinauf. Sofort begann er, mit der Zungenspitze meine Beine zu lecken. Er fing bei den Knien an und arbeitete sich dann langsam hoch. Als er das erste Mal mit der Zunge durch die Spalte fuhr, schrie ich vor Erregung auf. Ich war total geil. Ich wollte von ihm verwöhnt werden. Ich sehnte mich danach, dass er das nachholte, was ich zu Hause nicht fertiggebracht hatte.

»Ja, leck mich. Das ist so wunderbar.« Ich schob ihm begierig das Becken entgegen. Nun beugte er sich so weit vor, dass er den Kopf in meinem Schoß vergraben konnte. Ich legte ihm die zitternden Beine auf die Schultern. Vergessen waren die Schmerzen im Fuß. Ich brannte vor Verlangen.

Er ließ sich Zeit. Immer wieder stieß er mit der Zungenspitze in die Lustspalte. Ich atmete bereits schwer.

»Frau König, Sie schmecken fantastisch«, hauchte er auf die feuchten Schamlippen. Abermals züngelte er gekonnt über die Lippen, den Kitzler, bevor er erneut zustieß. Jetzt wurde er endlich stürmischer, nahm eine Hand zur Hilfe. Forsch schob er mir zwei Finger in die triefende Spalte. Was er weiterhin trieb, brachte mich fast um den Verstand. Er knabberte an meiner geschwollenen Perle, saugte genüsslich daran.

Ich stieß einen Lustschrei aus. »Mach das noch mal, bitte«, flehte ich mit zitternder Stimme und krallte die Hände in seine Haare. Ich verspürte einen gewaltigen Höhepunkt heranrollen, der mich zu überschwemmen drohte. Und doch fieberte ich ihm erwartungsvoll entgegen. Dann biss er erneut zu und ich explodierte auf seinen Fingern. Gierig leckte er den ausströmenden Liebessaft auf.

Als der Orgasmus abebbte, züngelte er zärtlich weiter. Ich nahm jedoch die Beine von den männlichen Schultern, zog ihn zu mir empor und küsste ihn direkt auf den Mund. Unsere Zungen tanzten einen leidenschaftlichen Reigen. Deutlich schmeckte ich den eigenen Saft, was mich unheimlich antörnte. Mit einer Hand griff ich überraschend an sein erigiertes Glied.

Er stöhnte auf.

»So, jetzt sind Sie dran«, gurrte ich mit blitzenden Augen und stieß ihn energisch von mir weg. Ich kniete vor ihm, öffnete hastig den Gürtel, den Knopf der Anzug-Hose, den Reißverschluss. Temperamentvoll riss ich die Hose bis auf die Schuhe hinunter und starrte auf die gewaltige Beule in den Boxershorts.

Mit den Zähnen knabberte ich durch die Shorts an der Männlichkeit. Erneut stöhnte er auf. Ich tastete nach dem Hosenbund und zog ihn im Zeitlupentempo lustvoll hinunter. Augenblicklich sprang mir der Schwengel entgegen. Er war nicht besonders groß, aber das war mir vollkommen egal. Ich wollte diesen Speer in meiner Mundhöhle zum Glühen bringen.

Gierig griff ich mit einer Hand zu, rieb ihn ein paarmal, bis ich erste Lusttropfen auf der Eichel sah. Die Scham pochte bereits zum wiederholten Mal zwischen den Schenkeln und ich merkte, wie der Liebessaft an den Oberschenkeln hinabtropfte. Mit der Zungenspitze leckte ich die Liebestropfen von der geschwollenen Penisspitze ab. Dabei schaute ich mit einem betörenden Augenaufschlag aufwärts, wie ich es in diesen Schulmädchenfilmen gesehen hatte.

Das schien ihm zu gefallen. Er erwiderte den heißen Blick und strich mir sanft über die Haare.

Zufrieden senkte ich den Kopf und widmete mich erneut seinem besten Stück. Mit der Zunge umspielte ich die Spitze, ehe ich am Schaft herunterfuhr. Oben wieder angekommen öffnete ich den Mund und stülpte die Lippen um das rosa Köpfchen. Gierig verschlang ich die Eichel, rieb sie am Gaumen, wodurch der Schwanz zu zucken anfing. Angefeuert durch die Reaktion ließ ich den Stab in die Mundhöhle gleiten. Da er nicht allzu groß war, konnte ich ihn komplett in mir aufnehmen. Mit der Nase berührte ich nun die gekräuselten Schamhaare.

»O, Gott! Das hat noch nie eine mit mir gemacht«, stieß er mit gepresster Stimme hervor. »Ich explodiere gleich.«

Ich wollte ihn jedoch ein bisschen zappeln lassen. Somit entließ ich ihn und umspielte mit der Zungenspitze die Peniskuppe. Als er zu Keuchen begann, schloss ich die Lippen um den pulsierenden Luststab und blies. Mein Kopf bewegte sich immer heftiger auf und ab; wieder und wieder stimulierte ich die Eichel mit dem Gaumen.

Plötzlich versteifte sich das Glied, schwoll an, und ich machte mich bereit, den Lustsaft zu empfangen. Mit einem überlauten Grunzen schoss er mir die erste Portion kräftig in den Rachen. Ich schluckte und schluckte, bevor die Quelle versiegte. Genüsslich sog ich die letzten Tropfen auf, ehe ich mich aufrichtete und ihn zärtlich abküsste.

Während sich unsere Zungen leidenschaftlich verschlangen, gingen seine Finger längst auf Wanderschaft.

Er will noch mehr, schoss es mir durch den Kopf. Von mir aus, ich bin dabei!

Anfangs streichelte er sanft über die Rundungen des Hinterteils. Nebenbei schob er eine Hand zwischen uns und tastete nach den Brüsten. Sofort trat ich einen Schritt zurück, damit er besser herankam. Rasch schlüpfte ich aus dem Blazer, ließ ihn zu Boden fallen. Das Top spannte über dem üppigen Busen und unter den heißblütigen Blicken verhärteten sich die Knospen augenblicklich. Ein erregender Schauer rieselte den Rücken entlang, mündete direkt im pulsierenden Schoss.

Zärtlich knetete er die Kugeln durch das Oberteil, zwirbelte die harten Nippel zwischen den Fingerspitzen.

Das machte mich wahnsinnig. Der Liebessaft sickerte unaufhaltsam an den Innenseiten der Oberschenkel hinunter. Ungeduldig zupfte er nun am Top. Ich verstand die Andeutung, hob die Arme über den Kopf und ließ ihn gewähren. Zügig zog er es nach oben, warf es lässig in die Ecke des Raumes. Mit einer Handfläche umfing er eine Brust, knetete sie, während er die andere Kugel hingebungsvoll küsste.

Er saugte an den Nippel, umspielte sie mit tupfenden Zungenschlägen. Abwechselnd knabberte er an ihnen, was mich jedes Mal aufstöhnen ließ.

»Mach weiter, jaaa«, wisperte ich. »Da stehe ich drauf.«

»Das merke ich, du honigsüßes Stück.«

»Komm, setz dich«, raunte ich nach einer Weile. Mit Nachdruck schob ich ihn auf den Stuhl.

Er musterte mich erwartungsvoll, während ich in die Knie ging und ihn von den Schuhen, Socken, der Hose und dem Slip befreite. Dann packte ich mir das Glied und fing an, ihn erneut zu bearbeiten. Dabei schauten wir uns in die Augen.

Fasziniert beobachtete ich die Veränderungen im Gesichtsausdruck. Sein Penis wurde ein weiteres Mal hart. Nach einer Weile ließ ich von ihm ab. Ich stand auf, zog den Rock bis zu den Hüften und stellte mich über ihn. Jetzt waren seine Oberschenkel zwischen meinen Beinen.

Ich lächelte einladend. »Na, möchtest du deinen Speer versenken?«, lockte ich forsch.

Er nickte heftig, ohne ein Wort von sich zu geben.

Entschlossen ergriff ich den harten Schwanz, ging leicht in die Hocke und rieb mir mit der Penisspitze ein paarmal durch die Spalte.

»Sag es!«, forderte ich ihn auf. »Sag: Bitte fick mich. Ich will dich vögeln, du kleine Schlampe.«

Seine Pupillen loderten auf vor Gier. Wieder nickte er stumm. Die Stimme versagte ihm vor Begierde. Das war mir Antwort genug. Gelassen senkte ich den Körper abwärts, Richtung Speer. Ich genoss das Gefühl, als die Eichel die Schamlippen teilte. Ich ließ mir Zeit. Schließlich hatte ich mir den Luststab komplett eingeführt.

Ich schaute ihm in die Augen und sah das pure Verlangen. Langsam kreiste ich das Becken auf seinem Schoß. Dabei achtete ich darauf, dass die angeschwollene Perle mit dem prallen Schwanz in Berührung kam.

Das machte mich total geil. Ich atmete hastiger, fühlte den Puls in den Ohren rauschen. Ich stöhnte leicht. Aufseufzend schloss ich die Augen, um die Bewegungen, den wahnsinnigen Reiz, den sie auslösten, auszukosten. Ich bemerkte, wie er die Handflächen auf die Pobacken legte.

Er versuchte, mich zum Reiten zu animieren, indem er sachte den Po anhob.

Ich war so weit, wollte ihn jetzt reiten. Ich erhob mich vom Schwanz, bis er fast komplett aus mir raus kam. Dann ging ich erneut abwärts, im Zeitlupentempo. Dies konnte ich aber nicht lange durchhalten. Ich war zu erregt. Immer flinker und heftiger flutschte es auf und ab. Er grunzte bereits und unterstützte die Bewegungen, indem er meine Taille mit den Handflächen umklammerte. Ich merkte, wie sich in mir ein Orgasmus aufbaute. Die Scheidenmuskeln vibrierten sanft.

Seine Augen öffneten sich und er starrte auf die wippenden Brüste, versuchte, den Kopf nach vorne zu beugen, um an den Nippeln zu knabbern. Doch ich wollte jetzt keine Unterbrechung des hemmungslosen Rittes. Ich war kurz davor zu explodieren. Energisch legte ich die Handflächen auf die Schulterpartie und drückte ihn zurück gegen die Stuhllehne. Ich stöhnte immer heftiger.

Dann überkam es mich. Ich schrie die Lust ungehemmt hinaus, während die Scheidenmuskeln unkontrolliert zuckten, verkrampften. Die Füße lösten sich vom Boden. Ich wurde nur von den Männer-Händen und dem tief in mir steckenden Schwert gehalten. Der enorme Druck auf den Schwanz schien auch ihm den Rest zu geben.

»Jaaaa, hier kommt's!«, presste er hervor. Sofort registrierte ich die ersten Ergüsse in mir, empfand die Wärme des Liebesnektars. Gierig ließ ich das Becken kreisen, um den letzten Tropfen aus ihm herauszulocken.

Nach einer Weile löste ich mich von seinem Schoß. Bevor ich mir das Rockteil wieder hinunterzog, nahm ich meinen Schuh, den er mir vorhin so fürsorglich ausgezogen hatte, und schlüpfte hinein. Dabei winkelte ich ein Bein geschickt ab, sodass sich die Schamlippen leicht öffneten.

In dem Augenblick tropfte es aus mir heraus, an den Oberschenkeln entlang, auf den Fußboden. Mit den Fingerkuppen sammelte ich einen Tropfen Liebessaft vom Schenkel auf und führte ihn an seine Lippen. Sofort öffnete er den Mund und lutschte den Finger genüsslich ab.

Ich lächelte triumphierend, während ich das Top überstreifte. Er saß noch immer erschöpft auf dem Stuhl und verschlang mich mit leidenschaftlichen Blicken. Ich griff den Blazer, drehte mich um und verschwand im nächstgelegenen Badezimmer.

Als ich das Bad nach einiger Zeit verließ, hörte ich im Erdgeschoss die Haustür zuschlagen und kurz darauf ein Auto wegfahren. Ich blickte in den Raum zurück und sah einen Stapel Papiere auf dem Stuhl liegen. Zögernd betrat ich das Zimmer und nahm überrascht den Mietvertrag in die Hand. Er hatte unterschrieben. Als Mietsumme hatte er 2.500 Euro stehen gelassen. Ich kam mir vor wie eine Hure.

Du bist eine eiskalte Fremdgeherin, tönte das schlechte Gewissen. Hör auf, bevor es zu spät ist.

Ich wollte das nicht hören. Rasch verstaute ich den Vertrag in der Tasche, löschte die Lichter im Haus und stieg in den Wagen. Als ich das Auto starten wollte, fiel mir die Visitenkarte hinter dem Scheibenwischer auf. Also noch einmal ausgestiegen. Voller Neugier nahm ich die Karte und las, was Herr Singer auf die Rückseite geschrieben hatte: »Bis bald, Paul. Es war atemberaubend mit dir.«

Ich verstaute die Visitenkarte lächelnd in meiner Tasche, startete den Wagen und holte Lisa bei Leonie ab. Der Alltagstrott hatte mich wieder.

※ ※ ※

Bevor ich das Abendessen zubereitete, hüpfte ich noch flink unter die Dusche. Als ich frisch geduscht und angezogen aus dem Bad kam, war Volker bereits zu Hause. Während ich mich um das Abendbrot kümmerte, spielte mein Mann wie immer mit unserer Tochter. Alles lief nach Plan. Ich seufzte ungehalten.

Ist es das, was ich will? Tag für Tag das Gleiche?

Als Lisa im Bett lag, kuschelten wir noch eine Weile vor dem Fernseher, bis Volker die Augen zufielen.

Als ich später neben ihm im Ehebett lag, fiel mir die Nachricht von Paul wieder ein. Ich musste auch an Niklas denken und freute mich auf morgen.

Bloß raus aus diesem langweiligen Eheleben. Ich bin jung, ich will Sex. Wenn mein Mann mir diese Befriedigung nicht gibt, muss ich sie mir eben woanders holen.

Trotzig drehte ich mich auf die Seite, schloss die Augenlider und schlief beruhigt ein.

Dienstag

*N*och etwas schlaftrunken rieb ich mir am Dienstagmorgen die Augen. Ich reckte und streckte mich im Bett, blinzelte müde Richtung Wecker auf dem Nachtisch. Kurz vor sieben Uhr, Zeit aufzustehen. Volker, mein Ehemann, hantierte bereits im Bad, ich hörte das stetige Plätschern der Dusche von nebenan.

Gähnend schwang ich die Beine über die Bettkante und schlurfte die Treppe zur Küche hinunter. Im Flur warf ich einen flüchtigen Blick auf das Handy, das ich jeden Abend auf der Kommode, zusammen mit dem Autoschlüssel, griffbereit deponierte. So ersparte ich mir am frühen Morgen die nervige Suche nach den dringend benötigten Utensilien.

Im Vorbeigehen sah ich, dass ich eine SMS bekommen hatte. Voller Neugier, wer mir um diese Uhrzeit schrieb, öffnete ich die Nachricht: »Hallo Christin, du kannst dir nicht vorstellen, wen ich gestern Abend getroffen habe: Niklas. Der Typ ist wirklich total cool. Und, wie soll ich's dir sagen, wir landeten natürlich zusammen in der Kiste. Chris, Mäuschen, der Mann ist der

Wahnsinn! Ich hoffe, du hast nichts dagegen. Aber wieso auch? Schließlich bist du verheiratet. Ich bin jetzt erst auf dem Weg nach Hause, länger hätte ich nicht ausgehalten ;) LG Emma.«

Ich schnaubte entrüstet.

Emma, die durchtriebene Schlampe, schnappt sich meinen Niklas und vögelt ihn einfach so durch.

Ich raste vor Eifersucht.

Moment mal, wieso stört mich das überhaupt? Ich will doch auch nur Sex von ihm.

Auf alle Fälle bemerkte ich eine heftige Wallung in mir, die mir Angst einflößte. Rasch löschte ich die Nachricht, legte das Handy zurück auf die Kommode und marschierte aufgewühlt in die Küche. Während ich das Frühstück vorbereitete, ging mir die SMS nicht aus dem Kopf.

Na warte, dachte ich mir und lächelte hinterhältig. Da habe ich mal einen Abend keine Zeit und schon vergnügt er sich gleich mit 'ner anderen. Heute wirst du dein blaues Wunder erleben. Um an meinen Schatz zu kommen, musst du dich verdammt gut anstrengen.

Mittlerweile war Volker fertig im Bad. Ich ging derweil zu Lisa ins Kinderzimmer, um sie zu wecken. Ich küsste sie und augenblicklich war sie hellwach und auf hundertachtzig. Unglaublich, dieses Kind. Sofort erzählte sie mir von ihrem Traum, während ich sie ins Badezimmer trug und sie sich an mich klammerte wie ein Äffchen.

Als ich an unserem Schlafzimmer vorbeikam, sah ich Volker durch die geöffnete Tür vor dem Schrank stehen. Er war bloß mit Shorts bekleidet. Ich pfiff. Er formte einen Kussmund und lächelte mir zu.

Zehn Minuten später saßen wir alle zusammen am Frühstückstisch. Mein Mann und Lisa angekleidet, ich noch im Nachthemdchen und Höschen. Rasch verschlang ich ein Toast, trank eine Tasse Kaffee und eilte anschließend die Treppen hinauf ins Badezimmer.

Unter der Dusche sortierte ich erst mal die widersprüchlichen Gedanken. Kurz darauf steckte Volker den Kopf zur Tür herein.

»Ist alles in Ordnung, mein Schatz? Es ist längst halb acht. Ich muss jetzt wirklich los. Soll ich die Kleine zum Kindergarten bringen?«

»Das ist lieb von dir, aber ich bin sofort fertig«, rief ich ihm hastig zu. Zügig wusch ich mir den Schaum vom Körper.

Ich hörte Volker von unten rufen: »Tschüss, bis heute Abend. Ich liebe dich.«

Ich liebe ihn auch, dachte ich schuldbewusst.

Als ich fünfzehn Minuten später abgetrocknet und geschminkt aus dem Bad ins Schlafzimmer huschte, spielte Lisa wieder mit dem Bommel-Teppich.

Was für ein pflegeleichtes Kind.

Ich beobachtete sie verzückt ein paar Sekunden, bevor ich den Kleiderschrank öffnete und die angemessenen Kleidungsstücke zusammensuchte.

Heute wollte ich Niklas zum Platzen bringen. Ich wählte schwarze halterlose Seidenstrümpfe und einen winzigen, dunklen Seidentanga. Des Weiteren einen passenden BH aus Seide und eine braune Bluse. Zügig ließ ich die Strümpfe über die Beine nach oben gleiten, schlüpfte in den Slip, verpackte die Brüste im BH und streifte das Oberteil über.

Beim Blick in den Spiegel entschied ich spontan, die oberen beiden Knöpfe der Bluse offenzulassen. Wenn ich mich vornüberbeugte, würde mein Gegenüber den BH und den Ansatz des Busens sehen können. Das war natürlich genau meine Absicht.

Etwas ausführlicher stöberte ich im Schrank, um den passenden Rock zu finden. Die Wahl fiel auf einen dunklen Stiftrock, der an der linken Seite einen langen Schlitz aufwies. Ich wusste, wenn ich die Beine überschlug, würde man auf jeden Fall den Strumpfansatz erahnen und bei unvorsichtigem Verhalten meinerseits obendrein zusätzlich sehen können. Ich musste also auf der Hut sein, wem ich diesen verlockenden Anblick gewährte. Ich stellte mich wie immer vor den Spiegel und vollführte ein paar Drehungen. Zufrieden mit dem Erscheinungsbild lächelte ich. So wie ich aussah, hätte ich ebenso »Fick mich« auf die Stirn schreiben können.

Nach einem letzten überprüfenden Blick auf das Spiegelbild nahm ich Lisa an die Hand und wir eilten lachend zusammen ins Erdgeschoss. Zügig verstaute ich die Pausenbrote in ihrem Rucksack, zog ihr Schuhe und Jacke an und widmete mich hinterher der eigenen Schuhwahl. Meine Wahl fiel auf hochhackige dunkle Pumps. Durch den hohen Absatz wirkten die Beine länger und der Po kam noch besser zur Geltung. Flink griff ich mir den schwarzen Blazer und ab durch die Mitte.

✳ ✳ ✳

Als wir endlich am Kindergarten ankamen, war es bereits zwanzig nach acht. Zu spät. Lisa stürmte in den Vorraum und warf ihre Jacke achtlos auf die Sitzbank. Sie hatte es eilig, schmiss die Schuhe auf den Boden, schlüpfte in die Hausschuhe und verschwand durch die Tür, ohne sich noch mal umzudrehen.

Ich stand noch immer in der Eingangstür und schüttelte den Kopf über so viel Energie. Ich betrat den Vorraum, um Lisas Sachen ordentlich an den zugewiesenen Platz zu bringen. Als ich mich bückte, um die Jacke aufzuheben, erblickte ich aus den Augenwinkeln Herrn Krüger, den Hausmeister.

»Guten Morgen, Frau König. Ich hatte ein Geräusch gehört und da wollte ich nur mal nachschauen, wer hier noch so verspätet rumpoltert«, entschuldigte er das Verhalten scheinheilig.

»Guten Morgen, Herr Krüger. Tja, wir waren diesmal wohl die Übeltäter«, entgegnete ich lächelnd und erhob mich vom Fußboden. Ich flanierte die paar Schritte zur Garderobe, um Lisas Jacke aufzuhängen. Die Absätze klapperten währenddessen auf dem Boden. Ich bemerkte, wie der Blick vom Hausmeister auf meinem Hintern klebte. Erneut beugte ich mich hinunter, um den ersten Schuh aufzuheben. Dabei bot ich ihm eine wunderbare Ansicht auf die Rückenpartie.

Ich hörte zufrieden, wie heftig er atmete. Beim nächsten Schuh ging ich nicht in die Knie, sondern bückte mich, mit durchgestreckten Beinen, mühelos aus der Taille hinab. Nebenbei streckte ich den Po wie zufällig hinaus. Diese Aktion verfehlte nicht die Wirkung. Erneut vernahm ich das schwere Atmen des Hausmeisters hinter mir.

Nun trat ich an die Sitzbank. Anstatt das Schuhpaar einfach darunter zu stellen, nahm ich auf der niedrigen Kinder-Bank Platz und rutschte etwas nach rechts. Dabei öffnete sich der Schlitz am Rock und Herr Krüger bekam die Möglichkeit, die in schwarzes Nylon gehüllten Beine ausgiebig zu bestaunen. Anschließend beugte ich mich vor, um die Schuhe unter die Sitzbank zu schieben. Bei ebendieser Aktion konnte der Hausmeister mit Sicherheit das einladende Dekolleté bewundern. Zufrieden lächelte ich.

Als ich jedoch den Kopf hob, zuckte ich überrascht zusammen. Herr Krüger war unbemerkt einige Schritte näher gekommen und stand mittlerweile direkt vor mir. In dieser Position, ich saß noch immer auf der niedrigen Bank, befand ich mich unmittelbar auf Augenhöhe mit dem Hosenbund. Ich staunte nicht schlecht über die dicke Beule in dem Arbeitsoverall. Instinktiv befeuchtete ich die Lippen mit der Zungenspitze. Das schien ihm ein eindeutiges Zeichen zu sein. Er griff ungeniert in den Schritt und massierte die gewaltige Latte.

Überrascht sah ich zu ihm empor. »Aber, Herr Krüger. Was soll das denn jetzt? Wollen Sie mir damit etwas andeuten?«

Der Hausmeister grinste verholen und knurrte: »Halt's Maul, du Schlampe. Du hast es doch genau darauf angelegt. So wie du dich hier präsentierst, willst du bloß richtig durchgevögelt werden. Komm mit und ich werd's dir anständig besorgen.«

Blitzschnell griff er meine Hand und zog mich regelrecht hinter sich her um die Ecke des Korridors. Ich folgte ihm widerstandslos; die unverblümte Art verwirrte mich. Am Ende des Flurs schloss er eine Durchgangstür auf. Ich hatte keine Ahnung, wohin er mit mir wollte.

Soll ich mich einfach so abführen lassen? Will ich das?

Die unterschiedlichsten Gedanken schwirrten im Kopf herum. Doch irgendwie war die gesamte Situation auch wahnsinnig aufregend und erregend zugleich. Die Brustwarzen richteten sich auf, ein Lustschauer lief den Rücken hinunter.

Ich will Sex mit dem Mann, jetzt!

Wir verließen das Gebäude und gingen über den Parkplatz direkt auf das Nebengebäude zu, in dem er offenbar wohnte. Er öffnete die Wohnungstür und zog mich wortlos weiter in das Schlafzimmer. Der erste Eindruck von der Wohnung war zweifellos positiv. Was ich auf dem Weg zum Schlafraum sah, machte einen ordentlichen und geschmackvollen Anschein.

Im Zimmer angekommen drehte er mich unvermittelt herum und drückte mich energisch aufs Bett. Er stand nun unmittelbar vor mir und zog sich sofort aus. Die Unterwäsche war unerwartet modisch, was mich zugegeben überraschte. In der Unterhose regte sich unübersehbar die Männlichkeit. Er verharrte in dieser Stellung und schaute ungeduldig auf mich herab.

»Nun, was ist jetzt? Willst du dich nicht ausziehen? Ich habe nicht ewig Zeit«, brummte er mit einer volltönenden Bassstimme, die meine Haut vor Erregung zum Kribbeln brachte.

Ich schaltete kurzerhand den Verstand aus, streifte mir den Blazer ab und öffnete die Bluse. Als ich sie nach hinten über die Schultern abstreifte, stand er längst nackt vor mir und hielt mir den prächtigen Schwanz entgegen. Das Ding war nicht außergewöhnlich lang, allerdings enorm dick.

»Los, blas mir einen.«

Bei dem barschen Ton zuckte ich unwillkürlich zusammen, doch die Spalte zwischen den Oberschenkeln pulsierte bei dem

Befehl. Ich setzte mich auf die Bettkante, nahm die Latte in die Hand und wichste ihn ein paarmal. Unter heftigem Stöhnen kamen die ersten Lusttropfen zum Vorschein. Genüsslich leckte ich sie mit der Zunge von der Schwanzspitze. Abermals stöhnte er laut auf.

Ich wurde immer geiler. Herr Krüger entsprach zwar überhaupt nicht meiner Traumvorstellung von einem perfekten Liebhaber, aber das war mir jetzt egal. Ich öffnete den Mund und sog die Eichel in die Mundhöhle. Das Ding war so gewaltig.

»Oahh, ja, mach langsam, sonst komme ich sofort in deiner Mundspalte.«

Ich beobachtete ihn, während ich versuchte, mehr von ihm aufzunehmen. Es dauerte eine Weile, bis ich die gesamte Länge aufgesogen hatte. Der Kiefer schmerzte etwas, da das Monstrum einen enormen Durchmesser hatte. Ich entließ ihn wiederholt und leckte nun den Schaft.

»Das reicht, jetzt will ich dich ficken«, ertönte augenblicklich die nächste Anweisung. Trotz des herben Tonfalls stieß er mich unerwartet sanft zurück auf das Bett, wobei die Oberschenkel noch über der Bettkante hingen. »Wollen doch mal sehen, ob du schon feucht bist!«, brummt er, während er sich auf mich legte. Dabei strich er mit einer Handfläche am rechten Bein empor und schob gleichzeitig den Rock nach oben.

»Wow, ich habe mich nicht in dir getäuscht. Du hältst, was du versprichst«, stieß er hervor. Gierig musterte er den Strumpfansatz, den seidigen Slip, griff an die Seiten des Höschens und zog es mir in einem Rutsch runter.

Ich lag nun auf dem Rücken, die Beine in die Luft gestreckt, mit dem Hintern auf der Bettkante. Nachdem er den Slip in die Ecke geworfen hatte, drängte er sogleich zwischen die gespreizten Oberschenkel. Zusätzlich verspürte ich die schroffen Finger an den glühenden Schamlippen.

»Feucht bist du ja«, grummelte er erfreut. »Na, dann will ich dich mal nicht länger warten lassen.«

Mit diesen feurigen Worten legte er sich auf mich, stützte die Hände links und rechts neben meinem Oberkörper ab und brachte den Schwanz auf gleiche Höhe mit der Lustgrotte.

Zum ersten Mal stöhnte auch ich auf. Ich wollte nun von ihm genommen werden. Doch bei der enormen Größe der Lanze wurde mir etwas mulmig zumute. »Mach bitte langsam und vorsichtig, ich bin sehr eng«, flüsterte ich.

»Keine Sorge, Schätzchen«, murmelte er mit überraschend sanfter Stimme und stieß dabei im Zeitlupentempo vorwärts. Ich fühlte, wie die dicke Eichel die äußeren Schamlippen auseinander drückte, und hielt erwartungsvoll die Luft an, während er immer intensiver eindrang. Die Scheide war zum Bersten gespannt. Er zog ihn behutsam hinaus, kniete sich zwischen die Beine und leckte die Muschi.

»Da muss noch mehr Feuchtigkeit ran«, keuchte er.

Ich umfing seinen Kopf mit den Händen und ließ ihn gewähren. Geschickt schleckte und beklopfte er die anschwellende Perle und ich fühlte, wie die Säfte zu fließen begannen.

Zufrieden mit seinem Werk rutschte Herr Krüger erneut höher, beugte sich abstützend über meinen vor Erregung zitternden Körper und setzte den Liebesspeer an. Diesmal flutschte das dicke Ding dank des Liebessaftes. Als er komplett eingedrungen war, stöhnte er laut auf und verharrte einen Moment in der Position, ehe er den Unterleib kreisen ließ.

Ich war total ausgefüllt. Langsam entspannte ich, genoss die vorsichtigen Stöße. Nach kurzer Zeit drückte ich ihm fordernd das Becken entgegen. Die Bewegungen wurden heftiger, sodass das Bett bei jedem Vorstoß zu quietschen anfing. Doch wen interessierte das? Ich war jetzt in meinem Element und trieb ihm den Unterleib hemmungslos entgegen. Mit heiserem Stöhnen aus tiefer Kehle spornte ich ihn an, machte ihn noch geiler.

»Oh, bist du knalleng«, schrie er und stieß unbeherrscht zu. Nach ein paar zusätzlichen ungezügelten Stößen hielt er unvermittelt an. »Los, ich will, dass du mich reitest. Ich kann nicht mehr.« Er zog abrupt den Schwanz aus mir heraus und rollte sich von mir hinunter.

Ich spreizte die Beine, schob mir den Rock über die Hüften und setzte mich im Reitersitz auf ihn. Langsam senkte ich das Gesäß Richtung Ständer nieder. Mittlerweile pulsierte der Liebesstab ausgesprochen heftig, sodass ich die Hände zu Hilfe nehmen musste, um ihn mir einzuführen. Als sich unsere Becken berührten, begann ich den Ritt mit gelassen, kreisenden Schwingungen.

Ich genoss den enormen Durchmesser, der es mir ermöglichte, zusätzlich den Kitzler zu stimulieren. Die Bewegungen nahmen Fahrt auf, wurden immer hektischer, bis ich letztendlich den Kolben galoppierte wie einen ungebändigten Bullen. Die ersten heftigen Wellen des Höhepunktes rollten heran.

»Ich komme gleich«, schrie ich in Ekstase und keuchte.

»Ich bin auch soweit«, schnaufte er kehlig. Der Schwanz versteifte augenblicklich und er brüllte wie ein Stier, als er kam. Er schoss eine ungeheure Menge Sperma in die Tiefen der Lustspalte.

Als sein Orgasmus abebbte, durchfuhr es mich auch endlich. Ich stöhnte auf, verharrte in den Auf- und Abbewegungen und ließ mich davontragen. Deutlich verspürte ich die Kontraktionen der Scheidenmuskeln, da ich ja dieses dicke Ding in mir hatte. Leider schrumpfte das Gerät rasch zusammen, nachdem er sich in mir ergossen hatte.

Ich erhob mich zügig und rauschte ins Bad davon. Als ich nach wenigen Minuten zurück ins Schlafzimmer ging, lag er weiterhin erschöpft auf dem Bett und betrachtete meine Figur.

»Ich kann es noch gar nicht fassen, dass ich soeben mit einer so bildhübschen Frau geschlafen habe«, brummte er zufrieden.

»Danke, es hat mir ebenso gefallen«, entgegnete ich, während ich mir die Bluse zuknöpfte. Ich suchte flink das Höschen, zog es an und verließ die Wohnung, ohne ein Wort zu verlieren.

✳ ✳ ✳

Mit ca. 45 Minuten Verspätung betrat ich das Büro. Ich entschuldigte mich für die Unpünktlichkeit und erklärte in aller Kürze, dass der Wecker nicht geklingelt hätte. Die Kollegen schauten zwar etwas verdutzt, weil ich noch nie verschlafen hatte, ließen es aber auf sich beruhen.

Erleichtert schlüpfte ich in mein Arbeitszimmer, startete den Computer und begann zügig, den Bericht über die gestrigen Termine zu verfassen. Zunächst die Wohnungsabnahme und anschließend den Besichtigungstermin der Familie Singer. Als ich fast fertig war, steckte Niklas den Kopf zur Tür herein.

»Hallo Frau König. Kann ich heute irgendetwas für Sie erledigen?«, fragte er scheinheilig und legte währenddessen eine Hand in den Schritt.

Ich blickte kurz auf, richtete das Augenpaar jedoch sofort wieder auf den Monitor und antwortete scharfzüngig: »Nein danke. Ich bin mit diesem Bericht beschäftigt und werde ihn anschließend mit Herrn Wolf besprechen.«

Er schaute mich verdutzt an, was ich aus den Augenwinkeln triumphierend registrierte. »Ist irgendwas?«

»Was soll denn sein? Ich habe heute leider keine Aufgabe für Sie. Fragen Sie doch bitte die Kollegen, wo Sie helfen können.«

Überrascht über die Abfuhr stellte er sich jetzt direkt vor den Schreibtisch.

Ich starrte weiterhin stur auf den Monitor.

»Aber Christin, ich will mit dir zusammen sein. Deshalb mache ich doch das Praktikum genau in diesem Maklerbüro. Schau dich an, du siehst heute wieder so scharf aus. Ich vermisse das Gefühl der knallengen Möse um den Schwanz. Ich vermisse den Geschmack deines Saftes auf meiner Zunge.«

Es fiel mir schwer, bei den geraunten Worten standhaft zu bleiben. Zu gerne hätte ich Niklas auf der Stelle seine Wünsche

85

erfüllt. Doch ich war noch immer wütend auf ihn wegen der Sache mit Emma und wollte ihn heute zappeln lassen.

Ich hob nun den Kopf und schaute in das erwartungsvolle Gesicht. Mit fester Stimme antwortete ich: »Herr Engel, es tut mir wirklich leid, aber ich habe im Moment keine Zeit für Sie, vielleicht klappt es morgen. Auf Wiedersehen.« Rasch senkte ich den Blick erneut auf den Bildschirm, damit meine Augen nicht verrieten, wie schwer mir die Abfuhr fiel.

Wortlos drehte er sich um und verließ rasch das Arbeitszimmer.

✳ ✳ ✳

Kurze Zeit später klopfte Christian an die Bürotür und fragte, wie der Termin mit Herrn Singer gelaufen sei.

»Sehr gut«, entgegnete ich, »hier ist der unterschriebene Mietvertrag.«

»Wow, Christin. Wie ist dir das denn so schnell gelungen?«

Ich lächelte ihn verschmitzt an: »Das bleibt mein Erfolgsgeheimnis. Ich habe mir mit dem Kunden die zwei Häuser angeschaut und er entschied sich spontan für das Erste. Du hast halt eine kompetente Vorarbeit geleistet und genau die passenden Objekte ausgewählt.«

»Und nochmals vielen Dank, dass du so kurzfristig für mich eingesprungen bist. Selbstverständlich bekommst du die Hälfte der Provision ab.«

»Oh, wie großzügig von dir«, flötete ich ihm zu und wir lachten beide herzhaft auf. In diesem Augenblick rauschte Herr Werner ins Bürozimmer und erkundigte sich interessiert, was denn so lustig sei. Wir erzählten ihm von dem gestrigen erfolgreichen Abschluss.

Er lobte die positive Arbeit und informierte uns über seinen Kunden-Termin am Vortag. »Ich habe einen vielversprechenden, neuen Klienten getroffen. Er organisiert Ausstellungen jeglicher Art und sucht in der Umgebung nach passenden Räumlichkeiten. Er ist recht eigenwillig und bat um ein Treffen, um uns vorweg kennenzulernen. Er hat uns alle für Donnerstag zu einem Abendessen in ein nobles Restaurant eingeladen. Dort können wir ihm ein Konzept vorstellen. Ich habe ihm selbstverständlich mitgeteilt, dass der Termin sehr kurzfristig ist, aber der Kunde ist König.«

Herr Werner lief mittlerweile im Arbeitszimmer auf und ab. Etwas theatralisch fuhr er sich mit der Hand durch die Haare, während er uns über den weiteren Ablauf informierte. »Mia wird sich um die Recherche der bisherigen Ausstellungsräume kümmern. Christian, Sie möchte ich bitten, die passenden Lagerräume ausfindig zu machen. Frau König, Sie suchen nach entsprechenden Objekten, die für Ausstellungen geeignet sind. Ich zähle auf Sie alle für Donnerstagabend.« Mit diesen eindringlichen Worten eilte er hinaus und die Tür knallte hinter ihm ins Schloss.

Christian und ich schauten uns an und er ging achselzuckend zurück an seinen Arbeitsplatz. Ich musste jetzt schnell einen Babysitter finden. Zunächst rief ich Volker an und erklärte ihm die Situation. Er war zwar nicht gerade begeistert, unterstützte mich trotzdem, da er wusste, wie bedeutend mir meine Arbeit war. Ich sagte ihm, dass ich Leonie nicht fragen wollte, da sie erst kürzlich spontan eingesprungen war.

»Erinnerst du dich an den Sitter, den wir vor ein paar Monaten engagiert hatten, Liebling?«

Ich überlegte kurz, dann fiel es mir wieder ein. »Ja klar, das war die Tochter von den Winters, Sophia, die eine Straße weiter wohnen. Sie ist problemlos mit Lisa zurechtgekommen.«

»Gut, dann ruf doch dort an und frag das Mädel, ob sie Donnerstag Zeit hat«, erwiderte Volker erleichtert.

»Okay, ich melde mich.«

Wir legten auf. Ich kramte das Handy aus der Handtasche und suchte die Nummer heraus. Frau Winter war am Telefon und versicherte, dass Sophia sich freuen würde. Das Geld könne sie auch gut gebrauchen. Wir vereinbarten, dass ihre Tochter am Nachmittag auf alle Fälle zurückrufen würde. Erleichtert beendete ich das Gespräch.

※ ※ ※

Kurze Zeit später kam Mia in mein Büro geschlendert und lehnte sich lässig an die Schreibtischkante.

»Christin, hast du eigentlich etwas Passendes zum Anziehen für Donnerstag?«

»Ach Mia, darüber habe ich mir, ehrlich gesagt, noch keine Gedanken gemacht. Ich musste erst einmal einen Babysitter für mein Töchterchen besorgen. Aber du hast recht, das ist eine hervorragende Gelegenheit, um shoppen zu gehen.« Ich grinste sie verschmitzt an.

Mia strahlte über das ganze Gesicht. »Super, wollen wir in meiner Mittagspause gemeinsam in die Stadt fahren und nach Klamotten schauen?«

Ich überlegte. »Warte 'ne Sekunde, ich muss nur was abklären.«

Ich griff zum Telefon und rief Leonie an. Ich bat sie, Lisa vom Kindergarten mitzubringen und erklärte ihr, dass ich noch einen Termin hätte. Wie immer willigte sie ein.

Zum Glück habe ich für Donnerstag höchstwahrscheinlich Sophia zum Aufpassen.

»Geht klar, Mia. Lass uns etwas früher los. Ich will
die Gutmütigkeit meiner Nachbarin nicht unnötig lange ausnutzen.«

»Ok, sagen wir halb zwölf. Wir können ja zusammen fahren. Zurück nehme ich dann den Bus.« Mia löste sich vom Schreibtisch und blinzelte mir verschwörerisch zu.

»Einverstanden, bis später«, rief ich ihr hinterher. Nun musste ich mich aber beeilen. Ich hatte noch eine Menge Arbeit bis dahin zu erledigen.

Pünktlich um halb zwölf verließen Mia und ich das Bürogebäude und fuhren zusammen zum Einkaufszentrum. Wir freuten uns auf die gemeinsame Shopping-Tour. Das hatten wir schon lange nicht mehr gemacht. Da wir beide ungefähr denselben Geschmack für Klamotten hatten, steuerten wir zielstrebig auf unseren Lieblingsladen zu: eine edle, vom Feinsten ausgestattete Boutique. Wir schlenderten zwischen den Kleiderständern umher und ließen uns einige Kleider zurücklegen, um sie später gemeinsam in der Umkleidekabine anzuprobieren.

Der Laden war spärlich gefüllt um diese Uhrzeit. Vor dem Geschäft fielen mir zwei heranwachsende Bengel auf, die auffällig lange die Auslage der Schaufenster betrachteten. Ich schätzte sie auf Anfang zwanzig. Also entweder Abiturienten oder Studenten, die sich die Zeit vertrieben. Ab und an schauten sie zu uns Mädels in den Laden hinein.

Beobachten sie uns etwa? Und wenn schon, wir müssen uns nicht verstecken mit unseren Figuren.

Nach dreißig Minuten hatten wir eine beachtliche Auswahl getroffen und begaben uns zu den Umkleidekabinen. Wir zogen die Kleider nacheinander an und präsentierten uns das Ergebnis gegenseitig.

Mia hatte ruck, zuck ein passendes Kleid gefunden. Es hatte Spaghettiträger, ein umwerfendes Dekolleté und es betonte hervorragend die schmale Taille. Das Abendkleid ging ihr bis kurz über die Knie und endete in einem schwingenden Rockteil.

Ich dagegen konnte mich nicht so rasch entscheiden. Mein Favorit ähnelte Mias doch zu sehr. Unschlüssig hielt ich mir mal das eine, dann das andere Kleid an den Körper und drehte mich vor dem bodentiefen Spiegel hin und her.

Mia schüttelte unzufrieden den Kopf. »Mensch, Christin, du hast so unheimlich lange Beine, warum nimmst du nicht das Schwarze mit dem tollen Schlitz an der Seite?«

»Meinst du?«, fragte ich skeptisch. »Ich will auf keinen Fall zu aufreizend und overdressed erscheinen.«

»Ach was«, wischte Mia die Bedenken mit einer Handbewegung zur Seite. »Das Abendkleid ist nur unten etwas sündig. Oben ist es doch züchtig hochgeschlossen. Der Rücken ist zwar bemerkenswert ausgeschnitten, aber du kannst ja einen Schal oder Ähnliches dazu tragen.«

Zögernd trat ich zurück in die Umkleidekabine, nahm besagtes Kleidungsstück und probierte es erneut an. Bevor ich die Kabine verließ, betrachtete ich mich eingehend im Spiegel. Das Kleid sah wirklich umwerfend aus, nahezu bodenlang, an der Seite geschlitzt, vorne hochgeschlossen, hinten dafür sündig ausgeschnitten bis in den unteren Wirbelsäulenbereich.

Unschlüssig schlenderte ich durch die Kabinentür und schaute Mia fragend an. Sie hob strahlend die Daumen und schwärmte, dass das Kleid wie für mich gemacht sei. Immer noch nicht überzeugt stolzierte ich etwas weiter in das Ladengeschäft, um ein bisschen mehr Licht zu haben. Ein zweites Mal fielen mir die beiden Männer auf, die nun allerdings absolut unverhohlen zu mir her starrten. Als ich die intensiven Blicke erwiderte, sahen sie jedoch verstohlen beiseite.

Ich lächelte vor mich hin. »Toll sieht es aus Mia, das nehme ich.« Wir zogen uns um, bezahlten und verließen munter tratschend den Laden.

* * *

In der Nähe des Ausgangs setzten wir uns vorne in ein Kaffee, von wo aus wir die ein- und ausströmenden Menschen beobachten konnten. Wir bestellten jeweils eine Tasse Cappuccino und unterhielten uns angeregt über den bevorstehenden Kundentermin. Nach fünfzehn Minuten verabschiedete sich Mia, damit sie den Bus rechtzeitig erwischte. Ich lud sie ein und wartete auf die Rechnung. Unerwartet bummelten auf ein Mal die beiden jungen Männer an dem Tisch vorbei und blieben nach ein paar Schritten wiederholt stehen.

Haben die uns etwa bis hierher verfolgt oder ist das jetzt reiner Zufall?

Meine Neugier war geweckt. Ich bezahlte, schlenderte Richtung Rolltreppe und fuhr hinauf zu den Parkdecks. Aus den Augenwinkeln beobachtete ich, dass sie mir tatsächlich folgten. Am Ende der Treppe angekommen ging ich den Gang entlang weiter zu den Kassenautomaten und löste das Parkticket. Die Männer taten es mir gleich. Derweil stellte ich mich vor die Fahrstuhltüren und wartete. Als sich die Tür öffnete, betrat ich den Fahrstuhl und die Jungen hasteten mir hinterher. Wir waren allein.

Sogleich drehte ich mich zu ihnen um und fragte höflich, warum sie mich verfolgten.

»Äh, ... das tun wir doch gar nicht«, stotterte der eine los.

»Ach Quatsch. Natürlich folgen wir Ihnen«, entgegnete der größere von beiden selbstbewusst. »Sie sind uns in dem Laden sofort aufgefallen, ein echt heißer Feger, und da dachten wir uns, vielleicht ergibt sich ja was?« Er musterte mich von oben bis unten und nickte anerkennend.

Mit so einer Direktheit hatte ich nun doch nicht gerechnet. »Wie meinen Sie das?«, fragte ich beunruhigt.

Er grinste breit. »Nun ja, Sie sollten sich eine männliche Meinung zu dem Kleid einholen.«

Ich schnaubte amüsiert. »Ach so, Sie wollen also, dass ich Ihnen die Abendgarderobe persönlich präsentiere?«

»Sie können das Abendkleid bei der Vorstellung auch weglassen«, konterte er frech.

»Also wirklich«, entgegnete ich stirnrunzelnd.

Durch das »Ping« des Fahrstuhls wurden wir unterbrochen. Die Tür öffnete sich und wir verließen zusammen die Kabine.

Soll ich mich auf das Abenteuer einlassen? Das ist doch viel zu gefährlich, einfach so mit zwei fremden Männern ...

Ich sah unschlüssig von einem zum anderen.

Kann ich es wagen?

»Aber ihr seid zu zweit und ich alleine«, hauchte ich schüchtern.

»Noch nie ausprobiert? Dann wird es allerhöchste Zeit«, bemerkte der Große souverän, trat dicht heran, hob mein Kinn an und presste unvermittelt die Lippen auf meine. Sofort fühlte ich, wie die Zungenspitze Einlass suchte.

Die Bedenken schmolzen bei dem Kuss dahin. Ich hatte Lust, etwas erregend Fremdes auszuprobieren.

Mit zwei Kerlen gleichzeitig!

Schon bei dem Gedanken daran schossen ungestüme Lustblitze direkt in den Unterleib. Wie fremdgesteuert öffnete ich den Mund und sog seine Zungenspitze ein. Stürmisch tanzten die Zungen miteinander. Ich bemerkte, wie eine Hand am Rücken hinab glitt und die Pobacke umfing, während sich unsere Lippen widerwillig trennten.

»Da drüben steht das Auto. Hast du Lust?«, raunte er mir ins Ohr.

Soll ich oder soll ich nicht?

Für einen Moment wägte ich die Gefahr ab. Doch die einsetzende Geilheit, die der Kuss ausgelöst hatte, wischte alle Zweifel beiseite. Ich lächelte ihn zustimmend an.

»Okay, ich komme mit euch. Ich heiße im Übrigen Christin.«

Er schien sich über die Zusage sehr zu freuen. Die Augen glänzten in einem warmen Hellgrün wie frisch gemähtes Gras.

»Ich bin übrigens Claas und das ist Sam«, klärte er mich auf und legte sofort einen Arm um meine Schultern. Zusammen führten sie mich über das Parkdeck. Sam war eher schüchtern und lief voran, währenddessen der Große erneut eine Handfläche den Rücken hinunter gleiten ließ.

»Du bist wunderbar griffig«, raunte er heiser. Die gedämpfte Stimme jagte einen Schauer nach dem anderen durch den Körper, die Härchen stellten sich auf.

»Und irrsinnig scharf bin ich auch«, flüsterte ich zurück.

Mittlerweile standen wir neben Sams Auto, ein Jeep, den er wohl von seinem Vater geliehen hatte. Sam stieg vorne ein, Claas und ich setzten uns nach hinten in die zweite Sitzreihe, da sowohl die Heck- als auch die beiden Seitenscheiben leicht abgedunkelt waren. Ich streifte mir galant den Blazer ab. Der Freund startete den Wagen und wir fuhren aus dem Parkhaus hinaus.

Für Claas gab es jetzt kein Halten mehr. Er küsste mich ungehemmt, streichelte mit einer Handfläche zärtlich über die Knie. Zusätzlich legte er die andere Hand auf meine Brust und knetete sie sanft. Als er die Nippel stimulierte, stöhnte ich auf. Gierig griff ich an seinen Schritt und fühlte eine ordentliche Beule. Mit den Fingern fuhr ich durch die Hose an der Männlichkeit hoch und runter.

»Wow«, keuchte er mit brechender Stimme, »du bist tatsächlich eine Granate, Christin.«

Ich lehnte mich zu ihm hinüber und streichelte mit einer Hand unter dem Pullover über die Brustmuskeln.

Was für ein Körperbau, staunte ich. Das machte mich umso heißer. Ich schob den Pulli hinauf und übersäte den Waschbrettbauch mit glühenden Küssen. Der Schwanz erwachte immer mehr zum Leben und richtete sich auf.

Erneut pressten wir die Lippen aufeinander und verschmolzen in einem innigen Zungenkuss. Weiterhin streichelte ich den Traum-Body, während er den Reißverschluss der Hose öffnete und der Penis an den Bauch schnellte. Der Puls raste und ich keuchte vor Erregung, währenddessen meine Handfläche langsam zur Männlichkeit wanderte. Das Ding war so schön, ich musste es einfach anfassen. Als ich mit den Fingern behutsam den Schaft umschloss, stöhnte er auf und das Glied zuckte in meiner Hand.

»Mhm, das gefällt dir«, gurrte ich zufrieden.

»Was mir noch besser gefallen würde: Wenn du endlich deine Klamotten ausziehst und ich dich schmecken darf«, presste er seufzend hervor.

»Willst du mir nicht dabei helfen?«, säuselte ich verlockend.

Er lachte und öffnete blitzschnell die oberen Knöpfe der Bluse. Während er jeglichen neu freigelegten Zentimeter Haut mit Küssen übersäte, lehnte ich mich im Sitz zurück und genoss die Liebkosungen. Er war so zärtlich. Ich schnurrte bei jeder Berührung wie eine Katze.

Unterdessen hatte er den BH aufgedeckt und streichelte die Brüste. Immer wieder biss er in die vom BH verhüllten Warzen. Jedes Mal durchfuhr mich ein Stromschlag, der mich erzittern ließ.

»Warte ab, wozu meine Zunge noch in der Lage ist.« Er öffnete den BH und streifte ihn mir vorsichtig ab. Sofort vergrub er das Gesicht im Balkon, küsste und leckte schnaufend.

Die Nippel waren so erregt, dass ich längst kurz vor dem ersten Höhepunkt war. Immer wieder nahm er die Zähne zu Hilfe und attackierte die steinharten Knospen.

Ich stöhnte unbeherrscht, verspürte, wie sich der Unterleib verkrampfte und eine Orgasmuswelle heranschwappte.

Als er erneut heftig an der Brustwarze saugte und mit der Hand den anderen Nippel zwirbelte, kam es mir. Eine Lustwelle durchströmte den Bauch, floss in die Scham, brachte das Becken zum Beben. Ich keuchte hemmungslos und der Lustsaft durchfeuchtete das Höschen.

Ich brauchte eine Weile, bis ich mich von dem gewaltigen Orgasmus erholte. Ich lehnte mich entspannt zurück und genoss das pulsierende Gefühl der Scheidenmuskeln.

Unvermittelt wurde das Auto ordentlich durchgeschüttelt. Wir schauten überrascht aus dem Wagenfenster und sahen, dass Sam den Jeep in einen einsamen Waldweg steuerte.

Kurze Zeit später stoppte er den Wagen. Claas hatte mittlerweile damit begonnen, meine Beine zu küssen und immer wieder zärtlich zu streicheln. Ich ermutigte ihn, tiefer abzutauchen, sich endlich der feuchten Grotte anzunehmen, indem ich die Oberschenkel einladend spreizte. Der Schlitz des Rocks klaffte vollkommen auseinander, sodass er den Rand der Seiden-Strümpfe sehen konnte.

Sofort kniete er zwischen den Beinen und legte eine Kuss-Spur die Innenseite der Schenkel entlang. Dabei schob er den Rock immer höher hinauf, bis ich den warmen Atem am feuchten Slip registrierte. Er grunzte kurz und zerrte das Höschen beiseite.

»O Gott, hast du eine reizende Muschi. Ich will dich schmecken.« Er vergrub das Gesicht zwischen den gespreizten Beinen und leckte mit der Zungenspitze über die Schamlippen, den geschwollenen Kitzler. Ich war wie elektrisiert. Der Oberkörper richtete sich auf, ich öffnete den Mund, aber außer einem Quieken kam kein Ton heraus.

Oh, das ist traumhaft. Der Bengel kann wirklich lecken.

Ich verbog den Rücken zum Hohlkreuz, umfing mit einer Hand den Busen und knetete ihn aufstöhnend. Ich war fast schon wieder so weit.

Doch in dem Moment ließ er von mir ab und ich merkte, wie er versuchte, das Höschen auszuziehen. Ich hob ungeduldig das Becken empor und er zupfte geschickt den Slip herunter. Sofort nahm er wiederum die Ausgangsposition ein und leckte intensiv den Kitzler. Zum wiederholten Male stieß er hierbei die Zunge in die klatschnasse Spalte. Von Neuem verkrampfte ich, verspürte den nächsten Orgasmus. Ekstatisch fasste ich um mich und packte dabei Sams Glied. Der Junge war nach hinten geklettert und hatte sich unbemerkt seiner Kleidung entledigt. Keuchend griff ich zu, zog den Ständer dicht zu mir her. Als mich die ersten Wellen des Höhepunktes trafen, verschlang ich den Penis.

Das war wohl zu viel für ihn, denn ich bemerkte sofort die Kontraktionen und schmeckte den Liebessaft auf meiner Zunge. Doch womit ich auf keinen Fall gerechnet hatte, war die enorme Menge an Sperma, die mir Sam in den Rachen schoss. Unaufhörlich pumpte das Glied; immer mehr Samenflüssigkeit spritzte aus der Öffnung der Eichel, lief über das Kinn, tropfte auf die Brüste.

Claas hatte mittlerweile aufgehört, mich zu lecken. Endlich ebbte der Strom ab, ich entließ Sams Stab aus dem Mund und schaute an mir hinunter.

Was für ein Anblick.

Zwischen den Schenkeln kniete der Große mit Liebessaft verschmiertem Gesicht und lächelte mich leidenschaftlich an. Auf den Brüsten zerlief der Saft von Sam, sickerte am Oberkörper hinab. Neben mir stand oder besser kauerte Sam, der scheinbar selbst nicht glaubte, was da soeben passiert war.

Ich grinste, rieb mit einer Hand über den Bauch und fragte aufreizend: »Mhm, Jungs. Wollt ihr mich hier so liegen lassen?«

Claas hob meine Beine von seinen Schultern und krabbelte langsam rückwärts aus dem Auto, Sam tat es ihm gleich. Ich rutschte ebenfalls auf dem Sitz vorwärts Richtung Tür und kletterte hinaus. Wir schauten uns an und lachten herzhaft. Eine unwirkliche Situation: Zwei Männer mit heruntergelassenen Hosen und eine Frau, nur mit einem Rock bekleidet, deren Oberkörper zusätzlich mit Sperma verschmiert war.

Kurzentschlossen griff ich nach hinten, öffnete den Reißverschluss und ließ den Rock abwärts gleiten. Geschickt kickte ich ihn mit dem Fuß zur Seite und stand nun splitternackt vor den beiden Kerlen, die mich mit leuchtenden Augen anstarrten.

Claas fing sich als Erster. Er kam zu mir, nahm mich in den Arm und begann ungeniert, die Brüste zu massieren. Unsere Lippen trafen erneut aufeinander und die Zungen vollführten noch einmal diesen heißen Tanz. Als wäre es das Natürlichste von der Welt, griff er mir zwischen die Beine und fuhr mit den Fingern durch die Spalte. Ich stöhnte ihm begierig in den geöffneten Mund. Während er mir den Finger in die glühende Lustgrotte steckte, sah ich aufmunternd zu Sam hinüber.

»Willst du nicht mitmachen?«

Er nickte stumm, ließ die Hosen herunterrutschen und legte sie zur Seite, währenddessen Claas es ihm gleichtat. Sam hatte ordentlich was zu bieten.

Du meine Güte, was für ein gigantischer Schwanz.

Unter ihm sah man die übergroßen Hoden baumeln.

Kein Wunder, dass er vorhin so viel Pulver verschossen hat.

»Kommt schon. Ich will jetzt gevögelt werden.«

Mit diesen Worten schnappte ich mir Sam und drängte ihn rückwärts an den Wagen. Er kletterte widerstandslos hinein, setzte sich auf die Kante des Rücksitzes und ließ erwartungsvoll die Beine baumeln. Ich beugte mich vor und gab ihm einen langen, intensiven Kuss.

Sam war definitiv nicht so erfahren wie Claas, jedoch lernte er schnell. Nach kurzer Zeit erwiderte er das Zungenspiel. Er wurde mutiger, befummelte zusätzlich die vor ihm schwingenden Brüste, umfasste die Pobacken mit beiden Händen und knetete sie.

Ich übersäte den Oberkörper mit glühenden Küssen. Als ich am Bauch ankam, stieß mein Kinn an den bereits wieder aufgerichteten Penis. Verschmitzt lächelte ich Sam an, umfing den Stab und rieb ihn sanft. Das verhaltene Stöhnen stachelte die Begierde an. Kurz leckte ich die Eichel, öffnete den Mund und sog den prallen Speer hinein.

Während ich mich vornüberbeugte und Sams Schwanz blies, rückte Claas von hinten heran, legte eine Handfläche an meine Hüfte und fuhr mit der anderen Hand an die Schamlippen. Dann positionierte er den Luststab direkt an den Eingang und rieb ihn kreisend am Kitzler.

Ich zitterte vor Lust und konnte es kaum abwarten, ihn endlich in mir zu fühlen. Ungeduldig wackelte ich mit dem Hintern, um ihm zu signalisieren, dass ich bereit war. Trotzdem riss ich die Augen weit auf und stöhnte aus voller Kehle, als er den Liebesstab mit einem Stoß heftig eindringen ließ.

Claas dirigierte mich dichter an den Wagen, hob das rechte Bein an und stellte es auf den Tritt der Seitentür. Das verschaffte ihm einen besseren Winkel, um mich noch intensiver zu penetrieren. Ich hatte noch immer Sams Stab im Mund. Doch nun musste ich erst mal von ihm ablassen, zu geil war das Gefühl im Unterleib.

»Ja, Claas. Fick mich ordentlich durch. Ich liebe es von hinten«, quiekte ich hemmungslos.

»Oahhh, du saugeile Maus. Ich bumse dich jetzt, das wirst du so schnell nicht vergessen«, rief er keuchend.

Sam, von unserem Treiben scheinbar richtig angespitzt, ergriff meinen Kopf und zog ihn erneut in seinen Schoß herunter. Mit einem lautstarken Schmatzen nahm ich das Prachtstück gehorsam wieder zwischen die Lippen. Claas erhöhte das Tempo, stieß jetzt leidenschaftlich und kraftvoll zu. Bei jedem Aufprall ruckte mein Körper nach vorn. Doch der Bengel umschlang mit den Händen meine Hüften, gab mir Halt, sodass seine Eier mit einem schallenden Klatschen an die Spalte knallten. Sams Schwanz zuckte bereits stark.

Zwischen heftigen Stößen keuchte ich schamlos: »Na los Sam, spritz mich noch mal so voll, jaaaa.«

Claas trieb ebenfalls dem Höhepunkt entgegen, denn er rammelte jetzt wie ein Wilder und stieß mich erbarmungslos in die nächste Orgasmuswelle.

Sam kam gewaltig. Mit einem unüberhörbaren Grunzen öffneten sich die Tore und ein gigantischer Schwall Sperma ergoss sich in meine Mundhöhle. Diesmal schaffte ich es, alles zu schlucken.

Als die Zuckungen des Schwanzes nachließen, hob ich den Kopf und genoss die Stöße von hinten. Claas stöhnte lauthals und schnaufte heftig. Als ich die ersten Vibrationen des Luststabes tief in mir wahrnahm, kam es auch mir. Ich schmiss den Kopf in den Nacken, machte ein Hohlkreuz und wimmerte lustvoll. Krampfhaft stützte ich mich auf Sams Oberschenkel ab, krallte die Fingernägel hinein.

Erst als er vor Schmerzen schrie, kam ich langsam zu mir. Noch immer zuckte der Schwanz in mir und stieß dabei heftig zu. Dann wurden die Bewegungen ruhiger und ich wartete entspannt, bis der Stab gemächlich aus mir rutschte, begleitet von einer ordentlichen Menge Sperma und Mösensaft.

Es war uns egal, letztendlich befanden wir uns im Wald. Schwer atmend sank er hinter mir zu Boden und fing an, die Liebessäfte von meinen Beinen und der Muschi zu lecken.

Ich war total erschöpft, die Oberschenkel zitterten unkontrolliert, drohten unter mir zusammenzubrechen. Halt suchend stützte ich mich am Türrahmen ab und ließ Claas das wunderbare Zungenspiel beenden. Mit komplett verschmiertem Gesicht erhob er sich anschließend und küsste mich innig.

Alle drei sammelten wir die Kleidung zusammen und zogen uns an. Mit einem Taschentuch reinigte ich notdürftig die Scham, wobei ich von den Kerlen beobachtet wurde. Ich lächelte sie amüsiert an.

»Bringt Ihr mich jetzt bitte zurück zu meinem Wagen?«

Claas trat zu mir, legte eine Hand auf den Schamhügel und entgegnete ungeniert: »Aber wir haben dein Kleid noch gar nicht begutachtet.«

Ich schmunzelte. »Ein andermal vielleicht.«

»Wirklich?«, riefen beide wie aus einem Mund.

Ich lächelte verschmitzt und stieg wortlos in den Jeep. Claas nahm jetzt auf dem Beifahrersitz Platz. Wir schlossen die Türen und fuhren zurück ins Einkaufszentrum.

Als wir dort ankamen, war es mittlerweile früher Nachmittag. Wir hatten uns beinahe eineinhalb Stunden miteinander vergnügt. Ich stieg aus, gab beiden einen Abschiedskuss auf die Wange und ging los. Claas rief mir noch nach, ob ich ihm nicht die Handynummer geben wolle. Ich drehte mich um und lächelte. Ich war gespannt, wann sie die Visitenkarte auf dem Rücksitz finden würden.

Erneut eilte ich zum Kassenautomaten und zahlte die überschüssigen Stunden. Als ich im Fahrstuhl stand, konnte ich mich zum ersten Mal im Spiegel begutachten. Abgesehen von den Spuren an den Strümpfen sah ich vollkommen passabel aus. Die Wangen waren gerötet und die geschwollenen Schamlippen pochten immer noch im Schoß.

Was habe ich nur gemacht?

Das schlechte Gewissen meldete sich urplötzlich. Während der gesamten Aktion vorhin hatte ich es ignoriert. Doch jetzt kam es mit Macht zurück.

Ich bin eine Schlampe, eine Fremdgeherin.

Der Zwiespalt quälte mich die gesamte Rückfahrt. Ich musste schleunigst damit aufhören, um meine Ehe nicht zu gefährden.

Das war das letzte Mal. Schluss und vorbei.

Zu Hause angekommen holte ich meine Tochter bei Leonie ab und bedankte mich herzlich bei ihr. Lisa war total müde. Sie kuschelte sich in ihr Bettchen und schlief gleich ein. Ich nutzte den Mittagsschlaf, um zu duschen und frische Klamotten anzuziehen. Als ich aus dem Schlafzimmer kam, war die Kleine bereits wieder aufgewacht. Wir gingen ins Wohnzimmer und spielten den gesamten Nachmittag.

✳ ✳ ✳

Gegen sechzehn Uhr rief Sophia zurück und sagte, dass sie gerne am Donnerstagabend auf Lisa aufpassen würde.

Ich bat sie, um achtzehn Uhr bei uns zu sein. »Es kann aber später werden. Ist das in Ordnung für dich?«, fügte ich hinzu.

»Kein Problem, Frau König. Ich bringe mir Bücher mit und werde für die Vorabi-Klausuren lernen.«

Als Volker nach Hause kam, spielte er noch kurz mit Lisa und brachte sie anschließend ins Bett. Währenddessen klingelte das Handy.

Ich nahm ab und meldete mich: »Christin König, Hallo.«

»Hallo, Christin. Du bist doch ein durchtriebenes Stück. Ich habe deine Karte gefunden. Wann kann ich dich denn wiedersehen?«

Mein Herz klopfte heftig in der Brust.

Wieso habe ich ihm nur die Visitenkarte hinterlassen? Wie dumm kann man sein?, schimpfte ich innerlich.

»Ich weiß nicht, Claas. Ich melde mich«, log ich und legte einfach auf. Ich ärgerte mich über die eigene Leichtsinnigkeit. Grübelnd schlurfte ich ins Wohnzimmer und schaltete geistesabwesend den Fernseher ein.

Christin, du bist unvorsichtig gewesen. Das darf nicht mehr passieren. Wie konntest du nur einfach zu zwei wildfremden Kerlen ins Auto steigen?, mahnte eine Stimme in mir. Ich seufzte.

Das muss irgendwie ein Ende haben. Ich liebe meinen Ehemann, und doch gehe ich fremd!

Volker kam zu mir, nahm mich in den Arm und wir kuschelten auf dem Sofa. Ich war so erschöpft, dass ich kurz danach einschlief.

Mein Mann weckte mich später vorsichtig und wir gingen zu Bett. Ich schlief sofort wieder ein.

In dieser Nacht quälten mich jedoch wirre Träume von Niklas, Herrn Krüger, Paul, Claas, Sam und Volker.

Mittwoch

Mittwochmorgen.

Volker, der für drei Tage zu einem Kongress verreist war, musste bereits früh los. Erst am Freitagabend würde ich ihn wiedersehen.

Der Morgen verlief routinemäßig hektisch: Lisa waschen und anziehen, hinterher selbst duschen und ankleiden. Heute entschied ich mich spontan für einen schwarz-creme karierten Wickelrock, der wie immer die Knie frei ließ. Weiterhin wählte ich eine cremefarbene Bluse. Unter den Klamotten trug ich einen hautfarbenen BH mit passendem String. Die Beine zierten helle Seidenstrümpfe, die ich mit Clips am erforderlichen Straps-Gürtel befestigte. Creme-weiße Stiefel komplettierten das heutige Outfit.

Wie jeden Morgen überprüfte ich das Aussehen kritisch im Schlafzimmerspiegel: Business, mit einem Hauch von Sinnlichkeit. Perfekt für den bevorstehenden Tag. Der BH schimmerte dezent durch die Bluse, zumindest konnte man die Träger mit den Spitzenapplikationen problemlos erkennen. Aber trotz alledem bürotauglich, stellte ich beruhigt fest.

Heute musste ich Lisa ein paar Brote mehr schmieren, ein Ausflug in den Zoo mit der Kindergartengruppe stand auf dem Programm. Gegen siebzehn Uhr wurden die Racker zurückerwartet. Ich packte Lisas Rucksack und wir fuhren zum Kindergarten, wo ich sie mit den anderen Kindern in den Bus setzte.

In der Haut der Erzieher möchte ich jetzt nicht stecken, eine Rasselbande.

Als der Kleinbus unter lautstarkem Hupen losfuhr, standen wir Mütter winkend am Straßenrand. Ich bemerkte, dass Herr Krüger, der Hausmeister, um die geparkten Autos schlich.

Dieser Lüstling. Hat er es erneut auf mich abgesehen oder spekuliert er auf eine andere Frau?

Höchstwahrscheinlich traute er sich nicht, mich anzusprechen. Als ich ins Auto stieg, starrte er mir unverblümt auf die Beine.

Na warte, dir werde ich einheizen!

Ich achtete darauf, dass der Rock beim Einsteigen wie zufällig über die Strumpfränder rutschte und ihm den Blick auf das Höschen und die Strapse freigab. Aufreizend lächelnd startete ich den Wagen, fuhr los und beobachtete zufrieden im Rückspiegel, dass Herr Krüger mir hinterher starrte.

Zwei Straßen weiter stoppte ich allerdings das Auto, überlegte kurzzeitig und drehte dann um. Als ich zum zweiten Mal auf den Parkplatz zusteuerte, waren alle anderen Mütter abgefahren. Behände griff ich unter das Röckchen, zerrte den Slip hinunter, stieg aus und schritt unbemerkt zur Wohnung des Hausmeisters.

Im Nachhinein wusste ich nicht mehr, warum ich das getan hatte. Ich wollte es einfach: unkomplizierten, oberflächlichen Sex.

Ich klingelte angespannt und nach kurzem Warten öffnete er mir die Tür. Als er mich erblickte, grinste er überrascht.

»Guten Morgen, ich habe hier was für dich«, säuselte ich und hob den Rocksaum hinauf, um ihm die blank rasierte Muschi zu präsentieren.

»Na dann komm mal rein«, brummte er anzüglich und ich huschte eiligst durch die Haustür. Sofort griff er meinen Arm und führte mich direkt in die Küche. Er atmete schnaufend, während er mich zur Küchenzeile stieß. Wortlos drückte er meinen Oberkörper auf die Arbeitsplatte. Ich hörte, wie er den Reißverschluss der Jeanshose hinunter zog. Die Lustspalte pochte vor Erregung und ich spürte die zunehmende Feuchtigkeit zwischen den Oberschenkeln.

Endlich trat er dicht heran, schob den Rock bis über die Hüften hinauf und positionierte den Penis an der Spalte. Ich hielt angespannt die Luft an, in Erwartung des gewaltigen Schwanzes. Mit einem heftigen Stöhnen von uns beiden drang er kompromisslos in mich ein und ich spürte wiederum diesen enormen Durchmesser. Bei jedem Vorstoß der Lenden hob sich mein Körper an und ich musste jedes Mal auf die Zehenspitzen steigen, um die kräftigen Stöße abzufangen. Erst nach ein paar Minuten war die Scheide ausreichend geschmiert und ich blieb mit den Füßen auf dem Boden. Jetzt stieß der Hausmeister in mich wie ein Verrückter. Rein und wieder raus glitt der feuchte Schwanz.

Hier stand ich nun, eine verheiratete Frau und Mutter, den Oberkörper auf einen Küchentresen gebeugt, den Rock hochgeschlagen, ohne Höschen und ließ mich morgens um acht von einem im Grunde fremden Mann von hinten ficken.

Was ist mit mir passiert?

Ich hatte im Augenblick keine Antwort auf die Frage. In der Tat, ich genoss die Situation, den ungezügelten Sex mit Herrn Krüger. Das Rohr bohrte sich immer stürmischer in den Lustkanal. Der Hausmeister packte mich an den Hüften und riss mich bei jedem Stoß kräftig rückwärts. Ich verspürte die dicken Hoden, wie sie mir durch die Beine an die Oberschenkel klatschten.

Mit einer Hand griff er die stramm über die Pobacken gespannten Straps-Bändchen. Da sie elastisch waren, zog er daran und ließ sie wie ein Gummi zurück auf den Po klatschen.

Das abrupte, heftige Reißen auf dem Gesäß törnte mich unfassbar an. Der Lustsaft quoll aus der Spalte, sickerte an den Oberschenkeln entlang. Aufstöhnend genoss ich die kraftvollen Stöße, die den Oberkörper immer wieder über die Arbeitsfläche schoben. Ich empfand ein mir wohlbekanntes Ziehen in der Scheide. Bald würde ich explodieren. Herr Krüger schien das zu spüren, denn er griff mir an den Pferdeschwanz und zog den Kopf energisch nach hinten.

Ich stöhnte unvermittelt. Als der Höhepunkt über mich hinweg fegte, schrie ich kurz auf; bei jedem zusätzlichen Stich quiekte ich nur noch. Mir kam es außergewöhnlich heftig. Wiederum hatte ich das Gefühl, wie gestern, als Claas mich gevögelt hatte, dass ich gleich das Bewusstsein verliere.

Urplötzlich zog er den Speer aus mir raus und drängte meinen Körper auf den Küchenboden. Ich fiel praktisch vor ihm auf die Knie und wusste instinktiv, was er jetzt von mir erwartete. Beherzt griff ich den zuckenden Schwanz, öffnete noch rechtzeitig den Mund und empfing in diesem Augenblick die erste Ladung auf der Zunge. Angestrengt versuchte ich, die Lippen um die Eichel zu stülpen, doch der Stab zuckte unkontrolliert. Also gab ich mir alle Mühe, die Strahlen in die Mundhöhle zu lenken. Jedoch, einiges an Sperma landete mitten im Gesicht: auf den Wangen, der Nase, der Oberlippe. Zum Glück war ich so geschickt, dass nichts davon auf die Kleidung geriet.

Als der Strom versiegte, musterte er mich amüsiert und half mir behutsam empor.

»Komm mit, ich habe Taschentücher in der Kommode.«

Er fasste meine Hand und wir gingen gemeinsam in den Flur, wo er mir eine Packung Tücher reichte. Ich begutachtete mein Gesicht im Spiegel über der Kommode und entfernte sorgfältig die Spuren des Seitensprungs. Anschließend hob ich das Röckchen, rieb die Spalte, so gut es ging, trocken und überreichte ihm grinsend die Trophäe. Er hob es an seine Nase und atmete genießerisch ein.

Zum Abschied drückte ich ihm einen Kuss auf die Wange und verschwand durch die Haustür, ohne ein Wort zu sagen.

Rasch schlüpfte ich ins Auto und fuhr los. Zwei Straßen entfernt hielt ich an, nahm das Höschen vom Beifahrersitz und zog es an. Anschließend düste ich zum Bürogebäude. Ich glühte noch immer, als ich den Wagen in die Tiefgarage des Bürokomplexes lenkte. Schleunigst stieg ich aus und öffnete die hintere Tür, um mir den Mantel und die Tasche zu greifen. Dabei beugte ich mich vorwärts ins Auto. Unmittelbar verspürte ich die kühle Luft an den nackten Oberschenkeln oberhalb der Strümpfe, was mir augenblicklich eine Gänsehaut bescherte. Die Kälte ließ mich ebenfalls die Feuchtigkeit zwischen den Beinen spüren.

Hastig zog ich mir den Mantel über und eilte zum Fahrstuhl. Im dritten Stock stieg ich aus und betrat unser Büro. Es war zwanzig vor neun.

Zu häufig durfte ich mir die Verspätung nicht mehr erlauben, sonst war ich am Ende noch meinen Job los. Doch anscheinend sahen die Kollegen das etwas gelassener. Karin telefonierte und nickte mir zur Begrüßung freundlich zu.

Niklas saß neben ihr hinter dem Empfangstresen. Um mich von oben bis unten mustern zu können, musste er sich erheben. Er grinste frech und ich hatte das erschreckende Gefühl, vollkommen nackt vor ihm zu stehen. Mit der Kleiderwahl hatte ich definitiv seinen Geschmack getroffen. Kein Wunder, so ein kurzes Röckchen trug ich nicht jeden Tag. Dazu noch die Stiefel, die meine perfekten Beine gekonnt in Szene setzten. Als ich an ihm vorbei zum Arbeitszimmer stolzierte, schaute er mir lüstern hinterher, dessen war ich mir absolut sicher.

Gegen zehn Uhr sah ich Niklas mit Akten bepackt den Flur entlang gehen.

»Oh, machen Sie Ablage?«, rief ich ihm nach.

Niklas blieb im Gang stehen und drehte sich um. »Ja. Herr Wolf trug mir auf, diese ins Archiv zu bringen. Haben Sie auch etwas fürs mich, Frau König?«

»Ich schau Mal und wenn, dann rufe ich Sie zu mir«, entgegnete ich.

»Sie können Sie ansonsten direkt in den Keller bringen, ich kümmere mich dort garantiert um alles«, fügte er mit einem Augenzwinkern hinzu.

Ich wusste sofort, was er vorhatte. Das Archiv befand sich im Untergeschoss des Gebäudes. Der einzige Ort, an dem wir ungestört Sex haben konnten. Bei dem Gedanken kribbelte es augenblicklich zwischen den Beinen. Ich sehnte mich nach Niklas' grandiosem Schwanz. Aber so leicht wollte ich es ihm auf keinen Fall machen.

Dreißig Minuten später sah ich ihn erneut mit einem Aktenberg an meinem Büro vorbeihuschen. Er würde somit in etwa eine halbe Stunde im Keller beschäftigt sein. Ich stand auf, eilte zum Schrank und zog ein paar alte Ordner heraus. Mit den Dokumenten im Arm schlenderte ich nach vorne zur Anmeldung.

»Wo ist denn Herr Engel geblieben?«, fragte ich heuchlerisch.

»Der ist im Archiv, Akten sortieren«, erwiderte Karin, ohne aufzublicken.

»Oh, kannst du ihm bitte diese Aktenordner bringen?«, bat ich scheinheilig, da ich ihre Einstellung zu solch »niederen Arbeiten« nur allzu gut kannte.

Prompt vernahm ich ein unwilliges Seufzen. »Christin, ich habe keine Zeit für so was«, jammerte sie. »Wenn du nicht warten willst, musst du sie selber hinunterbringen.«

Darauf hatte ich spekuliert. Erleichtert atmete ich auf. »Na gut. Dann mache ich mich auf den Weg nach unten«, entgegnete ich mit genervter Stimme. Insgeheim gratulierte ich mir zu dem Trick.

Das hat ja bestens funktioniert und Karin wird keinen Verdacht schöpfen.

Damit verließ ich die Kanzlei und schlüpfte erleichtert in den Fahrstuhl. Im ersten Stockwerk stieg eine ältere Frau ein, die bei einem Steuerberater arbeitete. Wir begrüßten uns freundlich und sie bedauerte mich wegen meiner ungeliebten Tätigkeit. Ich entgegnete nur, dass es nun Mal gemacht werden müsse.

Wenn die wüsste, dass ich mich gleich von einem hemmungslosen Hengst besteigen lasse würde.

Im Keller trennten sich unsere Wege. Sie ging in die Tiefgarage, ich durchquerte den langen Gang, drückte die schwere Brandschutztür auf und befand mich in einem weiteren Korridor, von dem aus mehrere Türen abgingen. Das Archiv des Maklerbüros war der dritte und letzte Raum auf der rechten Seite. Leise öffnete ich die Eisentür. Der Kellerraum war mit deckenhohen Regalreihen gefüllt, in denen die Akten der vergangenen Jahre lagerten. Ein modriger Geruch stieg mir in die Nase. Rasch betrat ich das Kellerarchiv und schloss die Tür hinter mir ab. Es sollte uns schließlich niemand stören.

»Ich bin hier hinten. Bringen Sie die Ordner bitte zu mir her, Frau König.«

Ich stutzte überrascht. Woher weiß er, dass ich es bin? Etwas enttäuscht ging ich um die Ecke. Ich wollte ihn überraschen, jedoch hatte Niklas geahnt, dass ich ihm in den Keller folgen würde.

Bin ich so leicht zu durchschauen?

Er kniete auf dem Boden, mit dem Rücken zu mir. Als ich mich mit klappernden Absätzen näherte, drehte er sich zu mir um und grinste frech.

»Na, meine Schöne. Was verschlägt dich denn hierher?«

»Och, ich hörte, hier unten sei es ganz kuschelig. Außerdem soll es in diesem Kellerraum eine Spezialbehandlung für einsame Frauen geben«, erwiderte ich schlagfertig und stieg an ihm vorbei. Ich drehte mich herum, ließ die Ordner vor ihm auf den Boden gleiten und stolzierte zu der Sitzecke am Ende einer Nische. Ich zog den Polsterstuhl hervor und setzte den linken Fuß auf die Sitzfläche.

Von seiner Position aus konnte Niklas jetzt wunderbar unter meinen Rock schauen. Ich winkelte das Bein ab, sodass er zusätzlich den Slip sah, der sich hauteng über den feuchten Schamlippen spannte.

»Nun Herr Engel, was halten Sie davon, dieses heiße Stück etwas genauer zu untersuchen?«

Betont langsam öffnete ich die Knöpfe der Bluse. Der Praktikant hockte noch immer vor mir auf dem Kellerboden und starrte mich an. Achtlos ließ ich das Oberteil von den Schultern hinunter gleiten und streichelte sanft über die Brüste. Zentimeter um Zentimeter kroch Niklas auf den Knien zu mir, während er den nackten Busen fixierte. Rasch umschlang er mein linkes Bein und küsste den Stiefel entlang: Erst den Spann, danach den Schaft, bis er mit den Lippen die Seidenstrümpfe berührte. Jetzt leckte er mit ausgestreckter Zunge an der Innenseite des Schenkels bis zum spitzenbesetzten Rand des Strumpfes.

»Mhm, ich steh auf Nylon. Aber noch mehr stehe ich auf deinen geilen Geruch und Geschmack.« Mit diesen Worten legte er die Zungenspitze erneut an und kostete den nackten Oberschenkel, die Vorderseite des Höschens.

Durch den Tanga fühlte ich seine Zunge, wie er sie immer wieder durch die Spalte, über die Klitoris, den Venushügel hinauf, bis fast an das Bündchen führte.

»Der ist mir im Weg«, murmelte er und öffnete mit geschickten Fingern den Wickelrock und packte mich gewissermaßen aus. Den Stofffetzen legte er auf den Tisch hinter mir. Jetzt hatte er Zugang zum Unterleib. Er züngelte über den Rand des Höschens, den Straps-Gürtel, bis er die Zungenspitze vorwitzig in den Bauchnabel gleiten ließ.

Ich stöhnte heftig auf, während er unaufhaltsam aufwärts küsste, den straffen Bauch entlang, bis hinauf zu den Brüsten.

Ich streckte sie ihm aufreizend entgegen, als wollte ich sagen: »Nimm sie dir, beiß rein.«

Zärtlich saugte er an den Nippeln, bis das Gewebe des BHs vom Speichel regelrecht durchnässt wurde. Auch auf dem Körper hatte seine Zunge eine dünne Spur hinterlassen. Geschickt öffnete er mir den BH. Ungeduldig schüttelte ich ihn ab und warf ihn grinsend über die Schulter auf den Tisch. Er widmete sich derweil erneut den Brüsten, liebkoste die Knospen, bis sie senkrecht standen. Ganz zärtlich biss er hinein.

Abermals stöhnte ich auf. Als er das mehrmals wiederholte, quiekte ich. Ich war ausgesprochen sensibel am Busen und durch solche Aktionen konnte es passieren, dass ich sogar einen Höhepunkt erlebe. Doch noch war ich nicht so weit. Niklas' Hand streichelte inzwischen über die Vorderseite des Höschens. Als er zwischen die Oberschenkel fuhr, bemerkte er die Feuchtigkeit.

»Wow, Christin. Du läufst ja längst aus.«

»Bitte, lass mich nicht mehr länger Zappeln. Fick mich endlich«, seufzte ich ungeduldig und nahm den Fuß von der Stuhlkante. Blitzschnell erhob er sich und riss mir mit einer flinken Bewegung das Höschen herunter. Ich setzte mich auf den Tisch und spreizte einladend die Oberschenkel. Sofort platzierte er den Kopf zwischen meine Schenkel und saugte schmatzend an den geschwollenen Schamlippen.

Als er seine Zunge in die Scheide versenkte, zitterte ich vor Verlangen, das Gefühl war wahnsinnig geil. Ich lehnte mich nach hinten, bis ich auf der Tischplatte zum Liegen kam, und zog die Beine an. Das Linke stellte ich auf der Stuhlkante ab, das Rechte legte ich auf Niklas' Schulter. Er umfing den Oberschenkel, während er mit einer Hand die Schamlippen auseinanderzog, um noch heftiger mit der Zunge in mich eindringen zu können.

Ich quiekte jetzt lauthals. Mein Oberkörper spannte sich zu einem Hohlkreuz und ich hatte das Gefühl, als würden die Nippel gleich platzen vor Härte. Langsam zog es im Unterleib und plötzlich verspürte ich die gewaltigen Muskelzuckungen der Vagina. Der Saft ergoss sich pulsierend auf Niklas' Zunge. Ich kam heftig und es dauerte eine Ewigkeit, bis ich mich einigermaßen erholt hatte; zu intensiv war das Zungenspiel gewesen.

Er gab mir die Zeit, öffnete währenddessen seine Hose und ließ sie samt Boxershorts zu Boden gleiten. An den Bewegungen vernahm ich, dass er sich auch der Schuhe entledigte. Als ich zwischen den Oberschenkeln hindurch lugte, sah ich den prächtigen Liebesstab vor seinem Bauch wippen. Ich freute mich längst darauf, diese mega Lanze gleich in mir zu spüren.

Ich schlang das linke Bein um Niklas' Hüfte und stieß mit meinem Absatz von hinten in seinen knackigen Po. Das trieb ihn dichter zu mir und ich erblickte jetzt die gesamte Größe des Phallus. Mit einer Hand drückte er die Speersitze nach unten und ging dabei leicht in die Knie, um in mich einzudringen. In seinen Augen erkannte ich diesen Ausdruck von purer Lust und Geilheit, den ich vorgestern ebenfalls beim Sex auf dem Küchentisch bemerkt hatte. Ausgesprochen langsam rieb er die Eichel durch meine Spalte. Ich stöhnte heftig.

»Niklas, fick mich. Stoß mir den Prügel endlich rein«, stieß ich hervor.

Augenblicklich setzte er das Gerät an, zielte und spaltete bedächtig die Schamlippen. Mit den Scheidenmuskeln umklammerte ich jeden Zentimeter seines Rohres und hieß ihn mit einem gurgelnden Stöhnen willkommen. Es dauert schier eine Ewigkeit, bis sich unsere Schambeine berührten. Es fühlte sich an, als wäre er bis in die Gebärmutter eingedrungen.

Niklas ließ mir noch etwas Zeit, mich an die Größe zu gewöhnen, ehe er anfing, das Becken langsam zu kreisen. Bei jedem Stoß drückte ich ihm hart den Unterleib entgegen. Dass der Liebesakt auch für ihn extrem erregend war, merkte ich an den ersten Kontraktionen der brettharten Bauchmuskeln. Doch er verstand es geschickt, den Orgasmus hinauszuzögern. Ich dagegen hatte keine Geduld und schrie den zweiten, heftigeren Höhepunkt aus mir hinaus.

Wenn er so weiter macht, werde ich noch mehrmals explodieren.

In diesem Augenblick schien auch er kommen zu wollen, denn die Bewegungen veränderten sich. Anstatt sanft das Becken zu kreisen, packte er unvermittelt meine Hüften und stieß kräftig in die Muschi. Dabei zog er den Speer fast vollständig aus mir heraus, um daraufhin mit einer immensen Kraft einmal mehr die volle Länge in mich zu stoßen. Ich wollte jedes Mal schreien, konnte aber nur winseln, zu überwältigend war das Gefühl.

Dieser Mann versteht es, zu ficken wie kein anderer.

Nicht einmal mit Volker hatte ich so heftige Höhepunkte und Empfindungen. Niklas war eine absolute Granate im Bett. Jegliche Bewegung seines Schwanzes schien darauf ausgerichtet zu sein, mir größtmögliches Vergnügen zu bescheren. Ein Liebhaber, der als Erstes an die Frau und anschließend an sich selbst dachte. Ich genoss die Sekunden dieses herrlichen Aktes. Niklas stieß immer heftiger zu und keuchte schwer. Auf der Stirn sah ich erste Schweißperlen.

»Oh Christin ... du bist so knalleng.«

Ich rutschte jetzt bei jedem Stoß aufwärts, doch Niklas zog mich mit kräftigen Armen jedes Mal zurück. Der Tisch wackelte verdächtig, hielt aber dem hemmungslosen Akt stand. Wir beide vögelten uns zur absoluten Ekstase. Mit allerletzter Kraft, so schien es, erlebte ich den nächsten Höhenflug. Doch diesmal war es anders. Dieser Höhepunkt ebbte nicht ab, im Gegenteil. Jedes Mal, wenn ich etwas zu mir kam, durchfuhr mich eine erneute Woge der Geilheit. Ich war außerstande, die Orgasmen zu zählen, die sich aneinanderreihten.

Niklas verkniff weiterhin das Gesicht und ich empfand noch immer den zuckenden Schwanz in mir. Mehr und mehr unserer

Liebessäfte liefen aus meinem Loch heraus. Als er das Glied behutsam aus mir raus zog, hörte ich, wie die Flüssigkeit auf den Boden tropfte. Sofort schob er ihn zurück. Ich stöhnte erneut auf.

Es dauerte eine Ewigkeit, bis der Penis zusammenschrumpfte. Jetzt erst wurde mir langsam bewusst, wie heftig er gekommen sein musste. Der Saft sickerte unaufhaltsam aus meiner Scheide. Dankenswerterweise kniete Niklas mittlerweile vor mir und fing an, die Flüssigkeit aus meinem Kanal zu saugen. Frech präsentierte er mir anschließend die mit Sperma belegte Zunge. Er beugte sich über mich und wir küssten uns. Ich nahm das Ejakulat mit der Zungenspitze auf und schluckte es genüsslich runter.

»Christin, das war der beste Fick meines Lebens«, grinste er genießerisch.

»Danke, auch für mich war es etwas ganz Besonderes.«

Wir küssten uns heftig und ließen die Zungen miteinander tanzen. Als ich mich schließlich aufrichtete, floss erneut eine Menge Flüssigkeit aus dem Loch. Niklas griff nach seiner Hose und holte ein Taschentuch hervor. Ich wischte mir über die Schamlippen und erhob mich vorsichtig. Mit leicht gespreizten Beinen stand ich vor dem Tisch, während es unaufhörlich aus mir heraus tropfte. Rasch zog ich mich an, doch bevor ich das Höschen überstreifte, säuberte ich erneut die Muschi. Noch immer flossen die Säfte aus mir. Ich stieg in den Slip und sah sofort, wie sich ein feuchter Klecks bildete. Niklas, der sich in der Zwischenzeit angezogen hatte, grinste entschuldigend.

Ich muss schnellstens auf die Toilette und mich sorgfältig reinigen.

Rasch drückte ich Niklas noch einen flüchtigen Kuss auf die Wange und stürmte zurück in die Kanzlei, geradewegs auf das WC.

Vorsichtig hob ich den Rock und betrachtete verzweifelt den ausgeprägten Fleck im Höschen. Kurzentschlossen zog ich es erneut aus und reinigte mich gründlich mit Toilettenpapier. Im Spiegel überprüfte ich das Make-up.

Die Investition in den kussechten Lippenstift hat sich jedenfalls bezahlt gemacht.

Man sah mir weder den Kuss von vorhin noch das Flötensolo von heute Morgen an. Eiligst verließ ich die Toilettenräume und steuerte auf mein Büro zu. Ich schaute auf die Uhr und erschrak. Fast eine Stunde hatte das Stelldichein im Keller gedauert.

Hoffentlich ist das niemandem aufgefallen.

Doch als ich am Empfang vorbei kam, fragte Karin sofort, wo ich denn so lange gewesen sei.

Ich konterte schnippisch, ob sie in letzter Zeit mal das Archiv aufgesucht hätte. »Man findet da ja nichts wieder! Ich habe Herrn Engel angewiesen, Ordnung zu schaffen. Da er sich aber nicht mit unserer Ablage auskennt, musste ich ihm alles genau erklären«, stöhnte ich betont genervt. Ich fügte noch hinzu, dass das grundlegend zu ihren Aufgaben gehöre. Leicht gekränkt schnaufte sie auf und ich ging erleichtert in mein Büro und fiel erschöpft in den Bürostuhl.

Erneut fühlte ich einen Schwall Feuchtigkeit aus der Scheide sickern. Erschrocken kniff ich die Beine zusammen in der Hoffnung, den stetig tropfenden Fluss aufhalten zu können.

So geht das nicht.

Nervös schaute ich zur Tür und lauschte aufmerksam, ob sich jemand meinem Arbeitszimmer näherte. Als ich kein Geräusch vernahm, griff ich ein Taschentuch vom Schreibtisch, drehte mich im Bürostuhl von der Tür weg und hob den Rock an. Hastig wischte ich erneut über die Schamlippen und durch die Spalte. Die Lippen klafften noch immer weit auseinander. Zu heftig war die Vögelei mit Niklas gewesen.

Kein Wunder bei der Größe!

Doch was nun? Ich befürchtete, dass sich mehr und mehr Flüssigkeit aus mir ergießen würde. Ohne Höschen wäre nach kurzer Zeit die Rückseite des Rockes durchnässt, auf dem ich saß.

Mir kam eine gewagte Idee. Ich schnappte mir ein weiteres Taschentuch, zog das Röckchen über die Pobacken, legte das Taschentuch unter die Spalte und setzte mich darauf. Mit Schwung drehte ich den Bürostuhl herum. Ein irres Gefühl, das kühle Leder auf dem Hintern zu spüren.

Ich muss nur dicht an den Schreibtisch ranrollen, dann wird niemand bemerken, dass ich komplett entblößt auf dem Stuhl sitze.

Ich überschlug die Beine, um den Strom der Liebessäfte möglichst zu unterbinden. Doch nun bestand die Gefahr, dass man den Strumpfansatz, die nackten Schenkel und die Straps-Bändchen sah.

Also, die Oberschenkel zusammengekniffen, nebeneinander auf den Boden gestellt und dicht an den Schreibtisch gerollt.

Nachdem ich so eine halbe Stunde verkrampft und angespannt gesessen hatte, prüfte ich nach, ob es mittlerweile etwas besser geworden war, doch das Taschentuch war vollkommen durchnässt. Aufseufzend drehte ich mich wieder herum, hob das Gesäß, zog das nasse Tuch weg und stand auf.

Schnell streifte ich das Röckchen über dem Hintern glatt, griff meine Handtasche und ging erneut Richtung Klo. Karin sah mir erstaunt hinterher, verkniff sich jedoch eine Bemerkung. Niklas war nirgends zu sehen, also vermutete ich, dass er noch immer im Archiv beschäftigt war.

Gut so, dann klingt die erfundene Geschichte zumindest plausibel.

Nach fünf Minuten verließ ich die Toilette. Diesmal war ich mir sicher, dass nichts mehr nachfließen würde. Ich ging erleichtert zurück ins Arbeitszimmer und widmete mich wieder der anfallenden Arbeit. Ich hatte heute ja Zeit und wollte etwas länger bleiben. Darum verzichtete ich auf die Mittagspause und aß nur einen Apfel, den ich mir mitgebracht hatte.

Ich schreckte auf, als Karin nach dem Mittagessen die Tür aufriss und sich direkt vor meinem Schreibtisch aufbaute. »Christin, da ist ein Klient, der deine Karte hat. Er sucht eine kleine Wohnung. Ich lasse euch dann mal alleine.«

Sie führte den Kunden herein und schloss die Tür beim Hinausgehen. Ich war sprachlos. Claas, der junge Mann von gestern, kam auf mich zu, ging um den Tisch herum, beugte sich vor und küsste mich einfach auf den Mund.

»Hallo, Christin. Ich komme soeben von der Schule und dachte mir, ich kann dich abholen und wir könnten, na du weißt schon was.« Dabei streichelte er mit der Handfläche über die Vorderseite des Rockes.

»Übrigens, das Outfit finde ich bärenstark.« Jetzt drückte er die Hand frech in meinen Schritt.

Ich stieß sie entrüstet weg und blitzte ihn wütend an. »Bist du verrückt, hier einfach so aufzutauchen? Was soll das? Hast du geglaubt, du kommst hereinspaziert und ich falle gleich über dich her?«, fauchte ich zurück.

»So oder so ähnlich habe ich mir das vorgestellt. Na komm schon, es war doch wunderschön gestern. Wir könnten uns jetzt ein paar Wohnungen ansehen gehen. Ich habe Zeit. Oder willst du, dass ich Sam anrufe, weil einer allein für dich zu wenig ist? Ich jedenfalls hatte den Eindruck, dass ich dich auch alleine ganz ordentlich zufriedenstellen kann ...«

»So einfach geht das nicht«, unterbrach ich ihn forsch. »Ich bin doch kein Flittchen, das mit dem Erstbesten abhaut und sich von ihm vögeln lässt.« Wütend sprang ich auf und stand nun direkt vor Claas. Sein Aftershave duftete unwiderstehlich. Mein Widerstand bröckelte.

»Das habe ich nicht behauptet«, flüsterte er zurück. »Ich dachte nur, wir könnten die gestrige Aktion wiederholen und ich habe den Eindruck, dass du keinesfalls abgeneigt bist.«

Sein Duft verwirrte meine Sinne, ich sog ihn genießerisch ein. »Es kommt nur so plötzlich ...«

»Nun ja Christin, gestern kam das auch sehr plötzlich«, grinste er. »Also, was ist, wollen wir?«

»Gleich, wenn wir eine Wohnung anschauen, müssen wir vorher noch einige Formalitäten erledigen, sonst fällt das auf. Hast du deinen Personalausweis dabei?«

Claas zückte seine Brieftasche und suchte den Ausweis heraus.

»Danke, während ich eine Kopie anfertige, füllst du in der Zwischenzeit das Formular aus.« Ich drückte ihm das Papier in die Hand, verließ das Bürozimmer und eilte zum Kopierer in der Küche. Ich kopierte, marschierte zurück in mein Büro, nahm das ausgefüllte Formblatt und schlenderte zu Karin.

»Gibst du mir bitte die Schlüssel für die Mietobjekte: Bachstraße 3a und Hinter dem Tor 5?«

»Denkst du, der junge Mann hat Interesse?«, fragte sie mit einem Nicken zum Arbeitszimmer.

»Ich weiß nicht, ist doch möglich. Die beiden Objekte haben zumindest eine Einbauküche und die eine Wohnung ist sogar möbliert. Der Vormieter bietet die Einrichtung für ein Schnäppchen an. Der Bengel will zu Hause ausziehen und sucht jetzt etwas Passendes für sich und seine Freundin. Wenn Papa zahlt?«, erwiderte ich, zuckte mit den Schultern und ging zurück ins Büro. Ich informierte Claas kurz über die Geschichte, die ich der Kollegin aufgetischt hatte.

»Für den Fall, dass jemand nachfragt«, ergänzte ich lächelnd. Ich schnappte den Mantel, die Tasche und führte meine Begleitung zum Ausgang. »Tschüss Karin. Ich mache im Anschluss an die Wohnungsbesichtigungen Feierabend.«

Zusammen verließen wir die Kanzlei und ich drückte den Fahrstuhlknopf. Es dauerte eine Weile, bis sich die Tür öffnete. Gemeinsam fuhren wir hinunter in die Tiefgarage.

»Fährst du mir nach?«, fragte ich Claas.

»Nein, ich besitze kein Auto. Ich bin mit dem Bus hergekommen.«

»Dann muss ich dich wohl chauffieren«, entgegnete ich zögerlich. Ich hatte ein wenig Angst vor dem, was auf dem Weg zur ersten Wohnung passieren könnte. Schließlich hatten wir es gestern auch nicht lange ausgehalten. Ich öffnete die Hintertür des Wagens, um den Mantel und die Tasche auf dem Rücksitz abzulegen, wobei ich mich kurz in das Auto hinein beugte. In dem Augenblick trat Claas von hinten heran und fuhr mit der Handfläche blitzschnell über den ausgestreckten Po. Schnell schob er seine Hand unter das Röckchen und glitt an der Pobacke entlang zwischen die Beine.

»Soll ich dich gleich hier nehmen?«, hauchte er mir ins Ohr. Ein Lustschauer nach dem anderen jagte durch den Unterleib, doch ich riss mich zusammen.

»Hör auf, es könnte uns jemand sehen«, zischte ich ihn an. Enttäuscht zog er die Finger zurück und gab mir einen frechen Klaps auf den Hintern. Rasch strich ich den Rock glatt und setzte mich vorne ins Auto; Claas rutschte auf den Beifahrersitz. Er lehnte sich zu mir hinüber und unsere Lippen verschmolzen in einem dieser unendlich schönen Küsse. Das beherrschte er wie kein anderer. Nur widerwillig lösten wir uns voneinander.

Ich startete den Wagen und wir verließen die Tiefgarage. Auf der Fahrt zum ersten Mietobjekt versuchte Claas immer wieder, seine Hand auf meine Oberschenkel zu legen und zur Muschi vorzudringen. Ich wehrte jedoch jeden Versuch ab, aus Angst, die Beherrschung zu verlieren.

Endlich kamen wir an dem Objekt an und ich atmete erleichtert auf.

Claas sah mich verstört an: »Du hast doch jetzt nicht ernsthaft vor, mir diese beiden Buden zu zeigen, oder?«

»Genau das machen wir, um den Schein wahren zu können. Wenn dich jemand darauf anspricht, musst du zumindest wissen, wie die Mietobjekte aussehen«, konterte ich überlegen. »Wer sagt denn, dass ich dir nur die Wohnungen vorstellen will?«, fügte ich schmunzelnd hinzu.

Ich öffnete die Wohnungstür und wir traten zusammen ein. Die Räume waren, abgesehen von einer Einbauküche, vollkommen kahl. Ich legte Mantel und Tasche auf der Anrichte in der Küche ab und wartete. Wie auf Kommando trat er heran, schlang die Arme um meinen Oberkörper und streichelte mit den Handflächen den Busen. Ich presste den Po gegen seinen Unterleib und schnurrte wie ein Kätzchen, als ich die harte Beule fühlte.

»Nicht hier, Claas. Die Nachbarn könnten uns sehen.«

Ich führte ihn in den Flur, lehnte mich an die Wand, nahm seinen Kopf zwischen die Hände und küsste ihn leidenschaftlich. Immer wieder stieß er mit der Zunge tief in meine Mundhöhle. Zärtlich streichelte ich am Rücken hinunter, bis zum Knackarsch. Ich knetete die strammen Backen und stöhnte in den geöffneten Mund.

Er atmete schwer durch die Nase. Ich bemerkte, wie die Beule in der Jeans immer heftiger wuchs.

»Soll ich dich endlich erlösen und befreien?«, hauchte ich heiser vor Erregung.

»Oh ja, Christin. Nimm dir alles, was du willst«, seufzte er.

Meine Handflächen glitten sanft über den muskelbepackten Oberkörper hinunter zum Gürtel. Mit zittrigen Fingern öffnete ich die Hose. Er bewegte die Hüften hin und her, damit ich sie ihm leichter abstreifen konnte. Als ich ihm die Boxershorts runterzog, sprang mir sofort die Latte entgegen. Ich drückte ihn zwei Schritte von mir weg, legte die Hände an den Rocksaum, schob ihn aufwärts und präsentierte ihm die nackte Scham.

»Du heißes Luder. Wo hast du denn deinen Slip gelassen?«, raunte er und stierte erfreut auf die feuchte Spalte. Sein Steifer wippte bereits vor Freude auf und ab.

Ich fuhr mit einem Finger zwischen die Schamlippen, legte ihn anschließend an die Lippen und leckte den Liebessaft genüsslich ab.

»Bitte, Christin, hör auf, mich so zu quälen. Ich will dich jetzt ficken.« Er drückte mich gegen die Wand, drängte die Handflächen unter mein Gesäß und hob mich an, während ich ihn mit den Armen umklammerte. Gelassen schob er den Unterleib nach vorne, teilte mit der Speerspitze die Schamlippen und drang im Zeitlupentempo tiefer.

Mir blieb der Atem weg bei so viel Männlichkeit und Stärke. Anstatt das Becken zu bewegen, hob er meinen Körper an, bis das Glied beinahe die mittlerweile triefende Muschi verließ. Ich verspürte jeden Millimeter seines Schwanzes in mir. Es war so intensiv, dass ich kurz vor einem gewaltigen Orgasmus stand. Ich schloss die Augen und ließ mich davontragen. Er wiederholte diese Übung noch drei Mal, ehe ich in einem Crescendo losschrie und explodierte. Sämtliche Kraft schien aus meinem Körper in den Unterleib zu wandern. Das Gefühl war fast so schön wie der Superorgasmus am Vormittag. Ich konnte es nicht glauben. Wenige Stunden, nachdem mich Niklas im Archiv beinahe bewusstlos gevögelt hatte, saß ich auf dem traumhaften Schwanz von Claas und ließ mich von diesem potenten Bengel auf Wolke sieben bumsen.

Während ich den Orgasmus in vollen Zügen genoss, verharrte er regungslos. Erst, als ich die Augen öffnete, drückte er mich gegen die Wand und stieß immer heftiger zu. Jedes Mal, wenn er das Glied zurückzog, sackte ich an der Mauer runter, nur um Sekunden später von harten Stößen erneut hochgeschoben zu werden. Claas ging leicht in die Hocke, um mit noch mehr Stärke in die Möse vorstoßen zu können. Immer stürmischer ging der Ritt, ich erkannte erste Schweißperlen auf seiner Stirn. Einige durchdringende Bewegungen brachte er noch zustande, ehe er den Saft in meine Spalte abschoss. Ich keuchte, die Zuckungen in mir katapultierten mich erneut zum Höhepunkt.

Wir blieben eine Weile verschmolzen an der Wand stehen, unsere Lippen fanden zu einem intensiven Kuss. Danach setzte er mich vorsichtig ab und ich schlurfte mit wackeligen Beinen ins Bad. Natürlich war längst Liebessaft an den Oberschenkel hinunter, über die Strümpfe, gelaufen. Zum Glück hatte ich hautfarbene Seidenstrümpfe an, da fiel der Fleck nicht auf. Als ich zurückkam, hatte Claas sich angezogen und grinste mir verschmitzt entgegen.

»Und was machen wir jetzt?«

»Komm, die zweite Mietwohnung wird dir besser gefallen«, kicherte ich vergnügt und nahm seine Hand.

Wir verließen das Objekt, stiegen ins Auto und fuhren los. Das andere Mietobjekt war in etwa zehn Minuten entfernt und lag in der Altstadt. Es war schwierig, einen Parkplatz zu finden. Zur Wohnung mussten wir noch einige Meter gehen. Dabei legte Claas einen Arm um meine Schulter.

Erst als wir vor der Haustür standen, fiel mir auf, dass uns jemand hätte sehen können, der mich kannte. Ich wischte den Gedanken aber schnell wieder weg. Ich schloss die Tür auf und wir stiegen die Stufen hinauf in den zweiten Stock. Die Zimmer waren möbliert, der Vormieter hatte enormes Interesse daran, die Möbel an den Nachmieter zu verkaufen. Es gab uns die Möglichkeit, es nicht auf dem kalten Fußboden treiben zu müssen. Ich ging direkt voraus ins Schlafzimmer, schaute auf die Uhr und stellte lächelnd fest, dass ich noch gute zwei Stunden Zeit hatte, die Zweisamkeit zu genießen.

Ich sah Claas aufreizend an und knöpfte die Bluse auf. Er entledigte sich derweil seiner Klamotten, hüpfte nackt aufs Bett und beobachtete mich mit blitzenden Pupillen. Ich schlüpfte aus den Stiefeln, ließ den Rock fallen und streifte den BH ab. Hier stand ich nun vor meinem Stecher, nur noch mit Strümpfen und Strapsen bekleidet. Lachend krabbelte ich zu ihm. Claas trug bereits wieder eine ordentliche Latte vor sich her. Ich konnte es nicht fassen. Dieser Junge war erstaunlich potent.

Oder habe ich etwa etwas damit zu tun? Egal.

Ich spürte die Eichel an meinem Bauch und hielt es nicht mehr aus. Rasch setzte ich mich über ihn und schob mir den Schwanz ganz in die Scheide. Ich wollte ihn wild und heftig zureiten. Wie eine Furie legte ich los, rauf und runter glitt ich auf dem sagenhaften Gerät. Claas war mir in diesem Moment vollkommen egal. Ich wollte jetzt zum Höhepunkt reiten. Es dauerte nicht lange und ich schrie: »Ja, ich komme. Halt mich Claas!«

Er legte die Hände an meine Hüften und ich riss den Kopf nach hinten, während ich wie verrückt zuckte. Total erschöpft sackte ich anschließend auf seiner Brust zusammen. Langsam kreiste ich dabei das Becken.

Mir wurde plötzlich bewusst, dass er noch nicht gekommen war. Ich ließ den Schwanz herausgleiten, drehte mich sofort um und stülpte den Mund um die glänzende Eichel. Tief saugte ich die Lanze ein und massierte ihn geschickt. Er stöhnte immer heftiger. Ich fuhr mit der Zungenspitze die Länge des Phallus entlang, verwöhnte den Hodensack. Mit der Hand bearbeitete ich den Stab, während sich meine Zunge weiter um die Bälle kümmerte. Dann leckte ich erneut den Speer, ließ die Zungenspitze um die Eichel kreisen. Mit der Spitze glitt ich immer wieder in die Öffnung. Das schien ihn fast zum Platzen zu bringen, das Glied zuckte heftig. Er war so weit.

»Gib's mir Claas. Ich brauche dein Sperma, spritz mich voll«, keuchte ich erregt und stülpte die Lippen über den Schaft, kraulte mit der Hand die Hoden. Ich merkte, wie es aus den Eiern zu pumpen anfing. Zwei rasche Kopfbewegungen auf und ab und ich fühlte die ersten Strahlen des Nektars in der Mundhöhle. Ich schluckte gierig. Es dauerte schier eine Ewigkeit, bis der Strom abebbte, jedoch zu kurz für mich. Ich wollte mehr von dem köstlichen, klebrigen Honig. Ich saugte weiterhin, bis er stöhnte.

»Christin, hör auf, da kommt nichts mehr.« Sanft zog er mich aufwärts und wir küssten uns. Ich legte meinen Kopf auf seine Brust und wir kuschelten uns aneinander wie zwei Verliebte. Unvermittelt fing ich an zu plaudern. Ich erzählte ihm, dass ich verheiratet sei und eine kleine Tochter habe. Dabei streichelte er mir zärtlich über die Haare.

»Vom ersten Moment an, als ich dich in dem Laden sah, war ich fasziniert von dir. Ich glaube, ich habe mich unsterblich verliebt«, flüsterte er eindringlich.

Beunruhigt schaute ich in die blitzenden Augen. »Claas, hör zu. Ich mag dich, sehr sogar. Doch ich liebe meinen Mann und werde ihn auf keinen Fall verlassen. Wir können uns treffen, aber ich werde immer wieder gehen. Ich mag den Sex mit dir, mehr nicht. Verstehst du?«

»Nein, warum sollte ich? Es ist so schön mit uns.«

»Claas, lass uns das Thema wechseln«, entgegnete ich abweisend. Ich schaute aufs Handy und stellte fest, dass ich langsam losmusste, um die Kleine rechtzeitig am Kindergarten in Empfang zu nehmen. Ich erklärte ihm die Situation und er ließ mich widerwillig los. Flink suchte ich die Klamotten zusammen. Um ihm einen möglichst langen Blick auf die Muschi zu gewähren, zog ich mir anfangs den BH, die Bluse und die Stiefel an. Als Letztes wickelte ich den Rock um und verschloss ihn.

Claas hatte mich die ganze Zeit beobachtet. Plötzlich packte er zu, zog mich zurück ins Bett, warf mich auf den Rücken und kniete sich über mein Becken. Der Schwanz richtete sich in

Windeseile auf und drückte gegen seinen Bauch. Er hob meine Beine an und versenkte das Gesicht im Schambereich. Ich fühlte heißen Atem auf den geschwollenen Schamlippen. Sanft strich er mit einer Hand über den Venushügel. »Christin, würdest du dich für mich komplett rasieren?«

Darüber hatte ich bisher nicht nachgedacht. Mir gefiel der kleine Streifen Schamhaar. »Wenn du jetzt aufhörst, überleg ich es mir unter Umständen«, konterte ich grinsend.

»Sag das noch mal mit dem Aufhören«, raunte er listig. In diesem Moment legte er meine Beine auf seinen Schultern ab und strich mit dem Steifen durch meine Spalte. Ich stöhnte laut auf. Fordernd rieb er das Glied am Kitzler.

»Sag, dass ich aufhören soll.«

»Claas, bitte ...«, wimmerte ich, doch die Geilheit überrollte den Verstand. »Schieb ihn mir rein. Ich will dich fühlen«, verlangte ich ekstatisch und drückte ihm das Becken entgegen. Er grinste frech und schob den Schwanz in meine glitschige Möse. Ich schrie auf, so geil war ich. Sofort fanden wir unseren Rhythmus und er stieß intensiv zu. Ein heftiger Orgasmus rauschte heran, Claas nahm mich noch härter. Ich fing an zu wimmern und spürte seinen herannahenden Erguss. Zur gleichen Zeit überkam uns die Welle. Er grunzte und ich quiekte, während sein Schwanz von meiner sich kontrahierenden Scheide gemolken wurde.

Nachdem wir uns voneinander gelöst hatten, ging ich ins Bad und reinigte mich rasch. Als ich zurück ins Schlafzimmer kam, war Claas komplett angezogen. Als ich so neben ihm stand, kam mir eine irrwitzige Idee.

»Ich habe dir doch gesagt, dass mein Mann auf Geschäftsreise ist. Willst du heute Abend zu mir kommen? Ich möchte gerne die Nacht mit dir verbringen.« Im gleichen Augenblick erschrak ich über meine Worte.

Was habe ich gerade gesagt? Was ist nur in mich gefahren?

An seinem Grinsen las ich die Antwort ab. Es gab kein Zurück mehr. Ich wollte es in Wahrheit auch nicht. Etwas verlegen gab ich ihm die Adresse und bat ihn, erst nach neunzehn Uhr vorbeizukommen. Mit ein paar Handgriffen richtete ich das Bett und wir verließen zusammen zügig die Wohnung.

Claas ging zu Fuß weiter, ich stieg ins Auto und kam gerade noch rechtzeitig am Kindergarten an. Der Bus fuhr vor und die jubelnden Kinder stürmten heraus. Lisa flitzte mir in die Arme und fing sogleich an, von den Erlebnissen im Zoo zu berichten. Auf dem Weg nach Hause plapperte sie wie ein Wasserfall. Zuhause wollte sie sofort Papa anrufen. Ich wählte lächelnd die Handynummer, und noch ehe ich zwei Worte mit Volker wechseln konnte, riss sie mir das Telefon aus der Hand und quasselte in den Hörer.

Während die beiden telefonierten, bereitete ich das Abendessen vor. Es gab, wie sollte es auch anders sein, Nudeln. Kurze Zeit später war sie auf dem Sofa eingeschlafen und ich trug sie in ihr Zimmer. Schlaftrunken zog sie den Schlafanzug an und gähnte fortwährend. Ich lächelte und verließ geräuschlos das Kinderzimmer.

Ich ging hinauf ins Schlafzimmer und überlegte, was ich für den bevorstehenden Abend anziehen sollte. Ich entschied mich für schwarze, halterlose Netzstrümpfe. Im Schrank fand ich ein graues Minikleid, das oben wie ein Pulli und unten wie ein kurzer, eng anliegender Minirock geschnitten war. Auf Unterwäsche verzichtete ich.

Ich ging nervös ins Wohnzimmer, um auf Claas' Ankunft zu warten. Als ich auf dem Sofa saß, konnte ich nicht anders. Ich griff mir zwischen die Beine und ließ die Hand über die Muschi gleiten. Ich dachte an seinen Vorschlag, mich komplett zu rasieren. Das Klingeln der Tür riss mich aus den Gedankengängen. Schnell hastete ich zur Eingangstür, um ein zweites Läuten zu verhindern. Ein kurzer, prüfender Blick in den Spiegel, und ich öffnete strahlend die Wohnungstür.

Ungewohnt schüchtern stand Claas davor. Ich bat ihn herein und er musterte mich von oben bis unten.

»Habe ich deinen Geschmack getroffen?«, säuselte ich, nahm ihm die Jacke ab und führte ihn ins Wohnzimmer. Ich stellte mich vor ihn, schob das Kleid langsam aufwärts und präsentierte ihm die noch immer geschwollenen Schamlippen. Er erhob sich wortlos und öffnete die Jeans. Das Glied spannte bereits die Shorts. Ich schlüpfte aus dem Baumwollkleid und setzte mich aufreizend aufs Sofa, während er sich der Bermudas entledigte.

»Komm, Christin, dreh dich um, ich will dich von hinten ficken«, befahl er mir eindringlich. Ich lächelte, gehorchte und kniete mich auf die Couch. Dieser dominante Ton in seiner Stimme gefiel mir, erregte mich sogar. Die Nippel wurden hart und der Schoss pochte vor Ungeduld.

In einem Rutsch schob er mir den Liebesstab bis zum Anschlag in die Möse und ich japste augenblicklich. Immer ungezügelter stieß er den wunderschönen Dolch in die Scheide. Ohne Tabus genossen wir diesen Moment. Der Orgasmus fegte heran wie ein Wirbelsturm. Ich keuchte heftig, was ihn zu Höchstleistungen antrieb. Er erhöhte das Tempo und ich kam gewaltig.

Auch Claas' Körper versteifte sich und mit den kontrahierenden Scheidenmuskeln brachte ich ihn zum Explodieren. Mit dem Kopf im Nacken gab er mir die letzten Stöße. Dann zog er sein glänzendes Stück aus mir raus. Bevor ich mich zu ihm umdrehte, um ihn zu küssen, gab er mir noch einen liebevollen Klaps auf den Po. Ich quiekte zum Spaß auf und kicherte. So ein Quickie zum Einstieg hatte was.

Ich konnte es nicht fassen, jede Berührung war so vertraut, als ob wir uns seit Ewigkeiten kannten. Zum ersten Mal ging von einem fremden Mann eine Gefahr für meine Ehe aus. Niklas wollte ich nur wegen seines ungeheuren Triebes. Der imposante Schwanz war es, der mich an ihm reizte. Herr Krüger war eine nette Abwechslung, so mühelos zu kriegen.

Einmal mit dem Hintern wackeln und schon steht er parat.

Bei Claas war das anders. Ich mochte die Art, wie er küsste, mich im Arm hielt. Natürlich gefielen mir außerdem sein Lümmel und die enorme Stehkraft. Aber da war mehr, ich fühlte mich in seiner Gegenwart rundherum wohl.

Nachdem wir beide uns von dem Quickie erholt hatten, führte ich ihn ins Schlafzimmer, doch er lächelte spitzbübisch und fragte, wo das Bad sei. Ich hörte, wie er Wasser in die Badewanne einließ und nach kurzer Zeit meinen Namen rief. Neugierig trat ich ins Badezimmer.

Er lag in der Wanne, grinste und winkte mich heran. Rasch schlüpfte ich aus den Netzstrümpfen und kletterte zu ihm ins Badewasser. Ein süßlicher Honigduft stieg mir in die Nase und ich kuschelte mich entspannt in seine Arme. Einige Minuten saßen wir nur stillschweigend da und genossen die Wärme und die Nähe unserer nackten Körper.

Nach geraumer Zeit bat er mich, auf dem Wannenrand Platz zu nehmen. Erst wusste ich nicht, was er vorhatte, doch dann sah ich den Rasierschaum und den Rasierer. Ich gehorchte artig, spreizte die Beine und nickte ihm zustimmend zu. Er wollte mir die Muschi komplett rasieren. Ruck zuck war der Irokese abrasiert und Claas ließ warmes Wasser über meinen Venushügel laufen.

Ein aufregendes Gefühl. Etwas ungewohnt, aber überaus prickelnd. Als er mich dort küsste, traf es mich wie ein Stromschlag. Er leckte mich in kürzester Zeit zum Höhepunkt. Danach trockneten wir uns ab und schlüpften ins Bett. Nach einem leidenschaftlichen Ritt schliefen wir eng aneinandergekuschelt ein. Ich war so fertig, dass ich nicht bemerkte, wie er sich aus dem Schlafzimmer und aus der Wohnung schlich.

Als am nächsten Morgen der Wecker klingelte, tastete ich schläfrig nach ihm. Die Bettseite war jedoch leer und ich setzte mich irritiert auf.

Auf dem kleinen Tischchen neben dem Bett fand ich einen Zettel: »Tschüss, Christin. Danke für diese wundervolle Nacht, Claas.«

Donnerstag

Von den Ereignissen der Nacht noch immer angeheizt, trottete ich ins Bad und duschte gründlich. Anschließend schlüpfte ich in den Bademantel, wechselte rasch die Bettwäsche und entfernte die Spuren unserer nächtlichen Zweisamkeit.

Im Eiltempo weckte ich Lisa, frühstückte mit ihr, kleidete sie an und hetzte zurück ins Schlafzimmer. Heute entschied ich mich für einen eher konservativen Spitzenslip, einen passenden schwarzen BH und dunkle, halterlose Strümpfe. Dazu wählte ich ein elegantes Top und eine dunkelgraue Hose, die mir auf den Hüften saß. In Windeseile geschminkt und die Haare gestylt. Als Nächstes schlüpfte ich in die schlichten Pumps, zog mir den Blazer über und düste mit der Kleinen los.

Im Kindergarten versuchte ich, Herrn Krüger aus dem Weg zu gehen. Als ich jedoch vor Lisa in der Hocke saß, um ihr die Schuhe zu wechseln, spürte ich seine Anwesenheit hinter mir. Ich drehte mich um und sah, dass er auf meinen Hintern stierte. Durch die gebückte Haltung blitzte das Höschen am Bund der Hose hervor. Doch, anstatt auf ihn einzugehen, schenkte ich ihm keine Beachtung, kümmerte mich um das Töchterchen und verließ, zum Verdruss des Hausmeisters, schleunigst den Kindergarten.

Kurze Zeit später betrat ich das Maklerbüro, plauderte flüchtig mit den Kollegen über das bevorstehende Abendessen und machte mich anschließend an die Arbeit. Es war ein eher ereignisloser Vormittag. Mir und der gereizten Pussy kam das ganz gelegen.

Gegen zehn Uhr schlenderte Niklas in mein Bürozimmer, um mir mit einem verheißungsvollen Blick zu sagen, dass er erneut im Archiv beschäftigt sei. Ich sagte ihm, dass ich so viel zu tun hätte, dass heute nichts liefe.

»Schade, Christin. Na ja, du weißt ja, wo du mich findest, wenn du doch noch Lust verspürst«, erwiderte er gelassen.

Komisch, sonst hat er alles daraufgesetzt, seinen Willen zu bekommen und mit mir zu schlafen. Egal, mir ist es recht.

Ich widmete mich wiederum meiner Arbeit. Ich wollte viel schaffen, damit ich mir morgen freinehmen konnte. Volker kam zurück und ich hatte mit dem Termin am Montag genug Stunden aufgebaut.

Gegen elf Uhr hatte ich einen Großteil dessen, was ich mir vorgenommen hatte, erledigt. Ich ging zu Herrn Werner und bat ihn, mir den Freitag freizugeben. Ohne zu zögern, unterschrieb er den Urlaubszettel. Auf dem Rückweg ins Büro dachte ich darüber nach, dass ich Niklas morgen nicht sehen würde und danach war Wochenende. Spontan entschied ich mich, ins Keller-Archiv zu gehen. Ich schnappte mir wahllos zwei Akten aus meinem Schrank und schlenderte zum Empfang. Da ich Karin nirgends sah, verließ ich rasch die Kanzlei und fuhr nach unten. Die Archivtür war verschlossen und ich drückte lautlos die Klinke hinunter. Ich wollte Niklas überraschen.

Doch im Gegenteil, ich wurde überrascht. Als ich die Tür langsam öffnete, hörte ich hemmungsloses Stöhnen. Eindeutig bumsten dort zwei miteinander. Eine Stimme davon war mir wohlbekannt. Voller Neugier, wer denn die Partnerin sei, ging ich auf Zehenspitzen ins Archiv. Den Geräuschen nach fickten die beiden ebenfalls in der Nische mit dem Tisch, auf dem mich Niklas gestern vernascht hatte. Ich schlich bis ans Ende des Regals und lugte herum.

Das durfte doch nicht wahr sein. Er stieß den imposanten Prügel in die blanke Möse von Karin. Bei jedem Stoß schrie sie vor Verzückung auf. Sie lag auf dem Tischchen und hatte die Beine auf seinen Schultern abgelegt. Ihr Rock und das Höschen befanden sich auf dem Boden. Karins Bluse war aufgeknöpft und ich sah fassungslos auf die wippenden Titten. Niklas hatte die Hose heruntergelassen und stieß mit ausholenden Bewegungen kräftig in die Spalte.

Zu gerne würde ich mit ihr tauschen.

Der Anblick der beiden fesselte mich. Karin war eine enorm attraktive Frau: schlanke Beine, wohlgeformte Brüste. In dem schummrigen Licht konnte ich zwar ihre Gesichtszüge nicht genau erkennen, doch das Quieken und Keuchen ließen erahnen, dass sie es genoss, von diesem Hengst gestoßen zu werden.

»Oh, Niklas. Ja, tiefer, mehr. O Gott!«

Ich bemerkte, wie sich mein Liebessaft in der Spalte sammelte. Die Muschi zuckte bereits und das Höschen wurde feucht. Der Kerl fickte immer heftiger und Karin stand anscheinend kurz vor einem intensiven Orgasmus. Instinktiv griff ich mir zwischen die

Oberschenkel, um die erregte Pussy zu streicheln. Bei der ersten Berührung durchfuhr es mich wie ein Stromschlag. Auch ich wollte jetzt genommen werden. Ich lugte zu den beiden. Just in diesem Moment kam es ihr, sie bebte am gesamten Körper, die Beine zuckten unkontrolliert in der Luft.

Ob ich ähnlich aussehe, wenn Niklas es mir besorgt?

Ihr Oberkörper bäumte sich auf.

Ich lehnte mich erneut gegen die Regalwand und griff mir an die Brüste und knetete sie. Die Nippel standen hart ab und bohrten sich durch den BH und das schwarze Oberteil. Mit dem Daumen spielte ich an ihnen, während ich eine Hand zwischen die Beine schob und den Schatz drückte. Mein Herz klopfte vor Geilheit, als ein ungestümer Orgasmus heranrollte. Jetzt vernahm ich Niklas' heftiges Keuchen. Mit einem kehligen Grunzen kam er und Karin schrie erneut vor Verzückung. Ich explodierte und unterdrückte einen Aufschrei, schnaufte nur gedämpft.

Die beiden beruhigten sich langsam. Ich lugte noch einmal um die Ecke und sah auf dem Fußboden einen feuchten Fleck. Auch sie war nicht in der Lage, Niklas' Saft aufzunehmen. Es tropfte jedes Mal aus ihr hinaus auf den Boden, wenn er die Lanze herauszog.

Ich hatte genug gesehen. Ich drehte mich um und verließ lautlos den Raum. Auf dem Flur atmete ich kräftig ein und aus.

Der geile Bock fickt sich durch die Firma. Na ja, solange er Karin nichts von uns erzählt, ist es mir piepegal.

Komisch, als ich erfahren hatte, dass Niklas sich mit Emma getroffen hatte, war mir das keinesfalls egal gewesen. Mittlerweile war allerdings viel passiert.

Noch immer das Bild der beiden vor Augen, stieg ich in den Fahrstuhl und fuhr nach oben. Gedankenverloren ging ich ins Bürozimmer und vollendete meine Arbeit. Ich konnte mich jedoch nicht mehr konzentrieren und so beschloss ich, etwas eher das Büro zu verlassen. Als ich am Empfangstresen vorbeikam, war Karin noch abwesend.

In dem Augenblick, als ich den Flur entlang schritt, kam sie aus der Toilette. Ich musterte sie und wusste genau, wie sie sich fühlte, mit all dem Sperma in sich. Ich sagte ihr, dass ich morgen frei hätte, und wünschte ihr ein angenehmes Wochenende.

Äußerst zerstreut erwiderte sie meinen Gruß. Ich stolzierte an ihr vorbei und grinste, als ich das Büro verließ.

Ich wartete im Auto vor dem Kindergarten, da ich noch etwa eine halbe Stunde Zeit hatte. Viele Gedanken schossen mir durch den Kopf. Die letzten Tage waren sehr turbulent und verwirrend gewesen. Obwohl ich meinen Mann liebte, hatte ich mit verschiedenen Typen geschlafen. Ich hatte zwar ein schlechtes Gewissen, doch ich war noch nicht bereit, auf diese geilen Erlebnisse zu verzichten. Natürlich wusste ich, dass es so auf Dauer unter keinen Umständen funktionieren würde.

Ich seufzte und stieg aus dem Wagen. Mittlerweile kamen die ersten Mütter, um ihre Kinder abzuholen. Geduldig wartete ich auf Lisa und wir verbrachten anschließend einen tollen Nachmittag zusammen.

Wie verabredet erschien Sophia gegen achtzehn Uhr, um auf die Kleine aufzupassen. Ich war überrascht, sie hatte sich zu einer attraktiven Frau entwickelt. Sie trug einen Faltenrock und hautfarbene Nylons, die ihre Beine perfekt zur Geltung brachten. Dazu hatte sie hochhackige Schuhe an. Das Shirt lag wie eine zweite Haut am Körper an und ich erkannte, dass sie keinen BH angezogen hatte. Die Nippel drückten sich durch den dünnen Stoff.

Nicht unbedingt das passendste Outfit, um auf ein Kind aufzupassen.

Aber mir sollte es egal sein. Da sich die beiden kannten, verschwand Lisa sofort mit Sophia im Schlepptau in ihrem Zimmer. Ich hatte genug Zeit, mich in Ruhe fertigzumachen. Gegen neunzehn Uhr wollten die Kollegen vorbeikommen. Ich ging unter die Dusche. Beim Einseifen verharrte ich einen Moment am frisch rasierten Schamhügel. Ich musste wieder an die Küsse von Claas denken.

Nachdem ich mich geschminkt hatte, betrat ich das Schlafzimmer. Das neue Kleid hing am Kleiderschrank. Einen BH konnte ich wegen des tiefen Rückenausschnittes nicht anziehen. Ich zog mir einen schwarzen Tanga an und stieg in die passenden Halterlosen.

Als ich sie am Bein richtete, sah ich einen Schatten an der Schlafzimmertür.

Ist das Sophia, die mich heimlich beobachtet?

Ich verwarf den Gedanken, schlüpfte in das Kleid und betrachtete zufrieden mein Spiegelbild.

Als ich die Treppe hinunter kam, lächelte Sophia mir anerkennend entgegen. »Wow, Sie sehen ja toll aus, Frau König. Na, wen wollen Sie denn noch verführen?«

»Ich gehe auf ein Geschäftsessen. Es kann heute Abend spät werden. Der Kunde ist sehr eigenwillig. Du kennst dich ja bei uns aus. Fühl dich wie zu Hause«, erwiderte ich entgegenkommend.

»Danke Frau König. Ich mache Lisa gleich etwas zu essen und bringe sie anschließend ins Bett. Ich habe mir Unterlagen mitgebracht, die kann ich durchgehen.«

Es klingelte.

»Das sind Christian und Mia, die Arbeitskollegen. Viel Spaß euch beiden.« Ich gab meiner Tochter einen Gutenachtkuss, schlüpfte in die Pumps, zog mir den Mantel über und verließ die Wohnung.

»Einen schönen Abend wünsche ich Ihnen«, rief mir Sophia hinterher, bevor sie die Wohnungstür schloss.

Wir fuhren in das Restaurant und alles verlief wie erwartet. Das Essen war hervorragend, ansonsten wurde es langweilig. Herr Werner kümmerte sich ausgiebig um den Klienten, doch was wir anderen da sollten, blieb uns ein Rätsel. Ab und an stellte uns der Kunde ein paar Fragen und das war alles. Gegen 22 Uhr verabschiedeten wir uns. Etwas verwundert schaute uns der Chef an, ließ uns aber gehen und wechselte mit dem Geschäftskunden an die Bar. Kurze Zeit später setzten mich die Kollegen vor der Wohnung ab.

Als ich die Tür aufschloss, vernahm ich seltsame gedämpfte Geräusche.

Also, wenn Sophia sich nicht einen Porno anguckt, dann bumst sie soeben im Wohnzimmer.

Voller Neugier schlüpfte ich aus den Schuhen, legte den Mantel ab und schlich auf Strümpfen den Flur entlang, um zu schauen, was sie dort im Zimmer trieb. Lautlos öffnete ich die Wohnzimmertür und spähte hinein. Das kleine Luder hockte mit dem Rücken zu mir auf dem Schoß eines mir Unbekannten und ritt ihn wie eine Furie. Der Mann hatte Sophias Brüste im Mund und saugte wie verrückt an ihren Nippeln.

»Ja, Volker. Leck die Nippel.«

Habe ich richtig gehört, heißt der Junge etwa auch Volker?

»Hm, Christin, du schmeckst fantastisch.«

Mir stockte der Atem. Fassungslos starrte ich die beiden an.

Sie spielen ein Rollenspiel und mein Ehemann und ich sind die Hauptpersonen.

Wütend betrat ich das Wohnzimmer. Ich wollte eine Riesenszene machen, aber bevor ich etwas sagen konnte, entdeckte mich Sophias Freund.

»Scheiße, Sophia. Geh runter!«

»Was ist denn los, Tim? Ich bin noch nicht gekommen und warum sagst du Sophia?«

»Weil Christin hinter dir in der Tür steht«, konterte ich mit scharfem Ton.«

Entsetzt rutschte sie von Tims Schoß herunter, legte einen Arm vor die Brust und die andere Hand aufs Liebesdreieck. Tim versuchte verzweifelt, mit den Handflächen die Genitalien zu bedecken.

»Was ist hier los?«, schnauzte ich wütend.

»Wir ... äh ... wir haben uns ...«, stotterte Tim unbehaglich.

»Schluss, damit! Raus mit der Sprache und keine Ausreden.«

Sophia fing sich als Erste. »Entschuldigen Sie, Frau König. Wir stellen uns beim Sex manchmal vor, jemand anderes zu sein. Das törnt uns beide an. Besonders, wenn es um Sie geht. Als ich Tim gestern von Ihnen erzählte, wollte er Sie kennenlernen. Als ich zu Ihnen kam, hat er sich vor dem Haus versteckt und Sie beobachtet. Und nun macht es ihn tierisch scharf, wenn er sich vorstellt, mit Ihnen zu schlafen, Frau König.«

Tims Kopf wurde so rot wie eine Tomate.

»Aber, sie mag es auch, wenn ich Ihren Mann spiele«, verteidigte er sich.

Das lief anders, als ich es geplant hatte. Ich wollte den beiden eine ordentliche Standpauke halten, stattdessen hatte ich mit einem Mal Mitleid. Im Grunde genommen war es kein Mitleid. Vielmehr heizte mich die überraschende Situation heftig an.

Sophia gestand, dass sie mein Äußeres attraktiv fand. »Ich bewundere Ihre Art, sich zu kleiden. Sie sehen immer supersexy aus, Christin. Sie haben einen traumhaften Körper. Ich habe mich extra für heute Abend hübsch gemacht. Ich wollte Sie beeindrucken.«

Das war ihr gelungen. Da saß sie nun vor mir. Langsam schob sie die Hand an den Busen und spielte mit der Brustwarze. Sie hatte erstklassige Brüste, etwas voluminöser als meine, und sehr prominente Nippel. Die Beine sahen in diesen halterlosen Strümpfen vortrefflich aus. Ich musste schlucken, als ich merkte, dass ihre Worte mich erregt hatten. Ich bemerkte, wie die Knospen sich am Stoff meines Abendkleides rieben. Sophia starrte fasziniert auf das Oberteil.

»Christin, möglicherweise kann ich Sie ja überreden, die Sache hier zu vergessen? Ich hätte da ein Angebot für Sie. Sie würden uns einen riesengroßen Wunsch erfüllen«, säuselte sie.

Ich wusste genau, was diese kleine Schlampe vorhatte und ich konnte und wollte mich nicht dagegen wehren. Die Luft knisterte vor Spannung. Gemessenen Schrittes kam Sophia auf mich zu und senkte die Arme. Ich musterte die üppigen Brüste und die Muschi. Sie war rasiert bis auf ein klitzekleines Dreieck. Ihr Bauch war flach und durchtrainiert. Ich schaute verstohlen zu Tim, der noch immer fassungslos auf dem Sofa saß. Sophias Hand streichelte hauchzart meine Wange, schob neckisch eine herabhängende Haarsträhne hinters Ohr.

»Du bist wunderschön, Christin. Darf ich dich küssen? Bitte?«, hauchte sie.

Ein erregender Schauer fuhr direkt in meinen Unterleib. Noch nie zuvor hatte ich eine Frau geküsst. Behutsam berührten sich unsere Lippen. Es war anders, so sanft und hauchzart. Nach der ersten zögernden Berührung folgte die Zweite, die Dritte und beim vierten Mal verschmolzen die Lippen miteinander. Ich öffnete den Mund und die Zungen tanzten zusammen. Wir beide genossen diesen Moment, ich bebte am ganzen Körper.

Abermals war es Sophia, die die Initiative ergriff. Während wir uns küssten, streifte sie mir das Kleid von den Schultern, schob es langsam nach unten. Erst als es in einem Knäuel um meine Füße lag, lösten sich unsere Lippen voneinander und sie trat einen Schritt zurück.

»Wow, sieh dich an. Wie bezaubernd du bist. Tim, ist sie nicht bildhübsch? Diese mega Brüste, die attraktiven, langen Beine, der flache Bauch und das geil rasierte Liebeszentrum. Christin, wenn du willst, werden wir dich verwöhnen, wie du es noch nie erlebt hast«, schmeichelte sie.

»Ich weiß nicht«, flüsterte ich unsicher. »Ich schäme mich etwas, ihr seid so jung ...«

»Bei deinem Aussehen?«, warf Tim ein. Mittlerweile rieb er sich seine Latte und blickte uns unverwandt an.

Sophia küsste unterdessen eine feuchte Spur vom Hals bis zum Dekolleté. Sie umfasste eine Brust, saugte sanft am Nippel. Ich stöhnte auf, begehrte mehr, wurde behutsam zur Couch gedrängt. Sachte legte sie mich dort ab, kniete sich zwischen meine Beine und verwöhnte wieder den Busen, die harte Knospe. Zentimeter für Zentimeter rutschte sie abwärts, auf die Muschi zu. Ich fühlte die Feuchtigkeit aus meiner pochenden Spalte sickern, fieberte der Zunge entgegen.

Ich wollte jetzt spüren, was es bedeutete, von einer Frau geleckt zu werden. Ich strich ihr über das Haar und drückte ihren Kopf sanft zwischen die gespreizten Oberschenkel. Tim rückte rasch zur Seite, damit Sophia sich der dargebotenen Liebesgrotte widmen konnte. Wie Elektroschocks durchfuhr es den Schoß, als die Zungenspitze durch meine Spalte fuhr. Der Kitzler schwoll an, als sie gekonnt daran saugte, was mich in totale Verzückung versetzte. Ich schnaufte und wimmerte.

»Mhm, das gefällt dir, was?«, säuselte sie in meine Grotte.

Während sie mit der Zunge erneut in die Ritze vorstieß, massierte sie mit dem Daumen sanft die Perle. Ich hatte die Augen längst geschlossen und genoss die Berührungen. Als sie jedoch ihren Finger heftig in die Muschi bohrte, riss ich sie vor Überraschung auf. Neben mir stand Tim, der ordentlich die Lanze wichste. Ich griff zu, übernahm das für ihn und zog ihn näher zu mir heran. Er wusste, was ich wollte. Er legte eine Hand an meinen Hinterkopf und präsentierte mir den strammen Burschen, der direkt vor mir auf und ab wippte. Ich leckte über die Eichel, ehe ich den Liebesstab in die Mundhöhle saugte. Sophia schaute zu mir hoch und grinste, während ich Tims Schwanz verwöhnte.

Von diesem erregenden Anblick angeheizt, verstärkte sie die Bemühungen, mich zum Höhepunkt zu bringen. Wellen der Lust durchfuhren meinen Unterleib, durchströmten den Körper bis in die harten Brustwarzen. Sie lutschte jetzt hemmungslos an der dicken Perle und ihr Finger stieß immer massiver zu. Dann überkam es mich, ich bäumte mich auf, die Bauchmuskeln verkrampften und Sophia schluckte den ausströmenden Liebessaft direkt aus der Muschi.

Mit verschmiertem Gesicht rutschte sie zu mir heran und gab mir einen leidenschaftlichen Kuss.

»Das war unglaublich, Sophia, danke«, murmelte ich.

Sie lächelte schelmisch. »Es ist noch nicht vorbei. Ich hoffe doch, du bedankst dich bei mir?«

Mit diesen Worten zog sie mich hoch, positionierte sich mit gespreizten Oberschenkeln auf dem Sofa und schob meinen Kopf auffordernd in den Schoß. Voller Neugier folgte ich der Aufforderung, kniete nun meinerseits zwischen ihren Beinen und streichelte die Innenseite der Schenkel empor. Ein ungewohntes Gefühl, die in hauchdünnes Nylon gehüllten Beine einer anderen Frau zu liebkosen. Allmählich wurde ich kühner. Ich küsste den Rand der Strümpfe, fuhr mit der Zunge am nackten Oberschenkel entlang bis zum Lustdreieck hinauf. Zögernd tupfte ich mit der Zungenspitze über die Schamlippen.

Sophia erschauerte. Mutig brachte ich den Mund dicht an die Sham, schleckte durch die Spalte und schmeckte zum ersten Mal diesen süßlichen Nektar. Die Behandlung schien ihr zu gefallen, Sie atmete jetzt schwer. Etwas scheu nahm ich die angeschwollene Perle zwischen die Lippen und saugte zärtlich daran. Sie stieß einen spitzen Schrei aus und drückte meinen Kopf dichter an den Unterleib heran. Abwechselnd spielte ich mit der Zungenspitze am Eingang der Muschi und bearbeitete den Kitzler.

»Leck mich richtig«, keuchte sie und spreizte die Beine noch weiter.

Mit den Fingern öffnete ich die Schamlippen und stieß die Zunge kräftig in die Vagina.

»Ja, Christin«, stöhnte sie und ihr Unterleib zuckte.

Plötzlich spürte ich Hände, die sich an meine Hüften legten. Tim, schoss es mir durch den Kopf. Den habe ich ganz vergessen. Ich ahnte, was er vorhatte und wackelte einladend mit dem Hinterteil. Augenblicklich fühlte ich die Eichel, die er genüsslich an der Furche rieb. Dann hielt er mich fest und stieß zu. Ich stöhnte auf. Bei jedem Stoß von ihm drang meine Zungenspitze kräftiger in Sophias Grotte ein. Ich atmete tief ein und blies ihr den Atem direkt in die Muschi. Sie zuckte immer heftiger und ich schmeckte bereits erste Tropfen des Nektars auf der Zunge.

Doch ich wollte mehr. Tim hämmerte jetzt hemmungslos den Prügel in mich, während ich vor Geilheit stöhnte. Dann war es so weit. Sophia explodierte und überschwemmte meine Mundhöhle mit ihrem Mösensaft. Das schien auch Tim zu viel zu sein. Er krallte die Hände an meine Pobacken und ich fühlte den Schwanz in der Möse zucken. Ich selbst war von den Ereignissen zu gefesselt, um den Höhepunkt auszukosten. Aber das war mir in dem Augenblick egal.

Völlig erschöpft saßen wir drei hinterher auf dem Sofa und streichelten uns gegenseitig.

Nach ein paar Minuten stand ich auf und verschwand im Bad. Ich hüpfte unter die Dusche, schlüpfte anschließend in meinen Bademantel und ging zurück zum Wohnzimmer. Vom Fuß der Treppe sah ich, dass die beiden heftig miteinander fickten. Sophia kniete auf dem Sofa und Tim stieß sie von hinten. Ich wollte sie nicht stören und schlich ins Schlafzimmer.

Mitten in der Nacht wurde ich wach. Neugierig huschte ich zurück ins Wohnzimmer, aber von Sophia und Tim war nichts mehr zu sehen. Sie hatten sogar Ordnung gemacht, bevor sie die Wohnung verlassen hatten. Ich griff eine Flasche Mineralwasser aus dem Kühlschrank, schlurfte ins Bett und schlief sofort wieder ein.

Freitag

Der Wecker klingelte. Ich huschte aus dem Bett, zog mir einen Trainingsanzug über und brachte Lisa kurz vor acht Uhr zur Nachbarin. Sie würde die Kinder heute zum Kindergarten bringen, da ich einen Urlaubstag hatte und ihn genießen sollte. Ich bedankte mich bei Leonie, schlürfte zurück ins Schlafzimmer und machte es mir auf der Schlafdecke bequem.

Als ich so dalag, gingen mir verschiedene Dinge durch den Kopf. Über eine Woche war es her, dass mich Niklas auf dem Parkplatz des Edelklubs das erste Mal gefickt hatte.

Seitdem war viel passiert. Ich hatte mehrmals mit ihm geschlafen und zusätzlich ein Verhältnis mit Claas angefangen. Zu allem Überfluss vögelte ich mit einem Klienten und dem Hausmeister des Kindergartens. Innerhalb von ein paar Tagen war aus der braven Christin eine sexbesessene Schlampe geworden, die jeden an ihre Muschi ließ, der nicht bei drei auf den Bäumen war. Ich musste das schleunigst beenden, schließlich liebte ich Volker.

Aufseufzend setzte ich mich auf, stopfte das Kissen hinter den Rücken und grübelte weiter.

Letzte Nacht hatte ich zum ersten Mal Sex mit einer Frau.

Na ja, wenigstens kann ich inzwischen behaupten, es einmal ausprobiert zu haben.

So viel stand fest, ein ansehnlicher Schwanz gab mir immer noch mehr. Die Zärtlichkeit, mit der Sophia mich geleckt hatte, war angenehm, aber einen harten Männerschwanz konnte das nicht ersetzen.

Bei diesem Gedanken wurde mir heiß. Mit einer Hand massierte ich den Busen, ruck, zuck verschwand die andere zwischen den Oberschenkeln. Ich wollte jetzt gevögelt werden. Völlig aufgeheizt stand ich auf, eilte die Treppe hinunter, kramte das Handy aus der Tasche und wählte Niklas' Nummer.

»Niklas Engel?«

»Hier ist Christin. Kannst du bei mir vorbeikommen? Ich bräuchte unbedingt deine Hilfe. Ich weiß nicht so recht, was ich heute anziehen soll«, säuselte ich.

»Hallo, meine Schöne. Ich würde nichts lieber tun, als dir beim Anziehen zu helfen. Leider muss ich noch arbeiten und könnte erst gegen halb elf Uhr bei dir sein. So lange musst du halt nackt bleiben«, flüsterte er belustigt.

»Och schade.«

»Tut mir leid, bis später, ich muss auflegen.«

So ein Mist, was jetzt?

Ich hockte mich erneut aufs Bett, überlegte kurz und schrieb Claas eine SMS: »Claas, ich sitze hier vollkommen entblößt zu Hause rum und nur du kannst mir noch helfen. Du weißt, wobei ...«

»Oh ja, das würde ich sehr gerne. Dummerweise bin ich in der Schule und schreibe gleich eine Klausur. Aber heute Nachmittag kann ich vorbeikommen.«

»Das ist zu spät. Okay, viel Glück.«

»Danke Christin, es tut mir leid.«

Enttäuscht warf ich das Handy auf die Decke. Ich war so spitz und keiner meiner Liebhaber hatte Zeit, mich zu verwöhnen. Einer kam noch in Frage, Herr Krüger. Ich schaute zum Wecker, halb neun Uhr. Rasch hüpfte ich vom Bett und eilte ins Badezimmer. Anschließend streifte ich die dunklen Strümpfe über, legte einen passenden Strapsgürtel um, schlüpfte in das schwarze Kleid, das vorne geknöpft wurde. Es ging mir bis knapp an die Knie und war unten ausladend geschnitten. Ich verzichtete auf BH und Höschen. Im totalen Sexrausch zog ich mir graue Stiefel an, schnappte den Mantel und eilte aus der Wohnung.

Damit mich niemand bemerkte, parkte ich den Wagen eine Straße weiter um die Ecke. Ich huschte zur Wohnungstür des Hausmeisters, jedoch auch nach zweimaligem Klingeln blieb die Tür verschlossen.

Das gibt es doch nicht. Will mich denn heute früh keiner ficken?

Ich ging zum Nebeneingang des Kindergartens, schlüpfte hinein in der Hoffnung, Herrn Krüger irgendwo zu finden. Als ich den Vorraum betrat, sah ich ihn in der kleinen Turnhalle verschwinden. Ich folgte ihm auf Zehenspitzen, öffnete vorsichtig die Tür und spähte in den Raum. Die Halle war leer, außer ihm war niemand zu sehen. Erleichtert schloss ich leise die Tür hinter mir und schlich zu ihm hinüber. Er kniete auf dem Fußboden und fummelte an einem der Deckel herum. Als ihm mein Schatten das Licht nahm, drehte er sich verwundert zu mir um, fixierte mich gierig. Ich machte ein Hohlkreuz, damit er die harten Nippel bemerkte.

»Frau König, was für eine Überraschung. Was kann ich denn für Sie tun?«, fragte er scheinheilig, während seine Hand bereits mein Knie umfasste und sachte am Bein nach oben glitt.

Ich spreizte die Schenkel, um ihm besseren Zugang zur blanken Muschi zu gewähren. Als er die Strapsbändchen ertastet und die Fingerspitzen die nackten Schamlippen erfühlten, grinste er.

»Frau König, Ihre Outfits gefallen mir ausgesprochen gut.« Er richtete sich auf und führte mich zu der dicken Turnmatte, die in der Ecke lag. Er legte sich rücklings hin und fing sogleich an, die Hose zu öffnen. Im Nu sprang die Latte heraus.

Ich stöhnte bei dem Anblick auf. »Aber Herr Krüger, Sie dürfen doch einer Frau morgens nicht schon Ihren Schwanz zeigen. Das ist unmoralisch. Kommen Sie, die müssen wir ganz schnell verschwinden lassen.«

Ich setzte mich rittlings über ihn, hob das Kleid an, ergriff die Lanze und senkte mich auf ihm ab. Ich zitterte regelrecht, als die geschwollene Eichel meine Schamlippen zur Seite schob. Immer tiefer verschwand der massige Schwanz in mir und ich stöhnte vor Verzückung auf.

»Oh! Der ist heute aber wieder gewaltig. Ich liebe es, deinen Strammen zu reiten.«

»Dann tu's auch, du geile Stute. Kommst hierher und lässt dich einfach von mir ficken. Los, ich will die Titten sehen«, keuchte er.

Rasch knöpfte ich das Kleid auf. »Hier, los, fass sie an«, befahl ich ihm.

»Los, du scharfe Sau, weg mit dem Fummel.«

Er streifte das Kleid von den Schultern und warf es achtlos zur Seite.

Hier hockte ich nun. Vollkommen von Geilheit getrieben, in der Turnhalle des Kindergartens, nur noch mit Strümpfen, Strapsen und Stiefeln bekleidet und ritt den Hausmeister, wie eine hemmungslose Stute. Tief waren wir in die Matte eingesunken. Nicht gerade bequem, aber egal. Ich war so geil, dass ich bereits die ersten Wellen des Höhepunkts verspürte. In Windeseile kam ich auf dem dicken Mast und auch Herr Krüger bäumte sich unter mir auf und grunzte verzückt.

Nachdem wir uns erholt hatten, stieg ich von ihm ab. Er griff in seine Hosentasche und reichte mir ein Stofftaschentuch. Zügig säuberte ich die Muschi, streifte mein Kleid über und schloss die Knöpfe. Er richtete die Hose und grinste mich kopfschüttelnd an.

»Frau König, Sie kommen morgens hierher, zeigen mir Ihre blanke Möse und wollen einfach nur ficken? Was sind Sie bloß für ein durchtriebenes Luder.«

Irritiert musterte ich ihn. »Na ja, es hat Ihnen doch auch gefallen. Lassen wir es dabei. Was stört Sie daran, wenn ich ab und an vorbeikomme, um mit Ihnen zu bumsen?«

»Überhaupt nichts, ganz im Gegenteil. Ich freue mich schon aufs nächste Mal«, lachte er, zog mich heran und grapschte mir an die Brust.

Abwehrend schob ich die Hand weg. Auf einmal stieß mich seine Art ab, ich ekelte mich sogar richtig. Wie konnte ich mich nur auf so einen schmierigen Typen einlassen? Wo hatte ich nur den Verstand gelassen?

»Ich weiß nicht, ob es dazu noch mal kommen wird«, zischte ich angewidert, lief zur Tür und verließ die Turnhalle.

✳ ✳ ✳

Als ich im Wagen saß, bemerkte ich erst die Tränen, die mir über die Wangen flossen. Ich legte meinen Kopf aufs Lenkrad und heulte los.

Was hast du nur gemacht, Christin? Du bist nichts anderes als eine billige Nutte. Du läufst einem Hausmeister hinterher, damit er es dir besorgt. Du hast einen Liebhaber in die Wohnung bestellt, damit du dich von ihm ordentlich durchvögeln lassen kannst.

Ich vergrub das Gesicht in den Händen und schluchzte, während der ganze Körper zitterte. Mir wurde klar, dass ich so nicht weitermachen konnte und es auch nicht wollte. Ich hatte jede

Minute dieser aufregenden Woche genossen, viel ausprobiert, mich von mehreren Männern verwöhnen lassen und mit einer Frau geschlafen. Aber nach dem gerade Erlebten wurde es mir umso bewusster: keine anderen Sexpartner, kein Versteckspiel. Ich habe mich entschieden, ich will nur noch Volker. Auf keinen Fall werde ich meine Ehe weiter gefährden, meine Familie, mein Kind.

Entschlossen wischte ich mir die Tränen mit einem Taschentuch vom Gesicht, schnäuzte kräftig ins Tuch, schaute überprüfend in den Rückspiegel und seufzte unzufrieden. Die Augen waren vom Weinen gerötet und die Wangen aufgequollen. Trotzdem fühlte ich mich seltsam erleichtert, so als wäre eine Last von mir abgefallen.

In mir reifte eine Idee. Ich hatte Volker in den vergangenen Monaten viel zu sehr vernachlässigt, war egoistisch gewesen und hatte ihm allein die Schuld an unserem eingeschlafenen Liebesleben gegeben.

Wie dumm und kindisch von mir! Ich habe es doch selbst in der Hand, kann verführen und verwöhnen.

Als Allererstes musste ich meinen beiden Liebhabern deutlich machen, dass ich nicht mehr zur Verfügung stand, nie mehr! Entschlossen schnappte ich mir das Handy und schrieb ihnen eine eindeutige SMS. Es war zwar nicht die feinste Art, eine Liebschaft zu beenden, doch das interessierte mich im Augenblick wenig. Niklas hatte ja bereits Ersatz gefunden und Claas war so jung und attraktiv, dass er bestimmt bald eine feste Freundin haben würde.

Erleichtert legte ich das Handy auf den Beifahrersitz und startete den Wagen. Ich hatte noch einiges zu erledigen, bevor Volker nach Hause kam.

Es war kurz vor zwanzig Uhr, als ich den Schlüssel in der Wohnungstür hörte. Rasch huschte ich zur Tür, öffnete sie und lächelte Volker charmant an. Er erwiderte mein Lächeln und schob den Trolley an mir vorbei in den Flur. Während ich die Eingangstür hinter ihm verschloss, zog er das Jackett aus und hängte es sorgfältig auf einen Bügel an der Garderobe. Ich umarmte ihn feurig und riss ihm quasi das Hemd vom Leib. Blitzschnell hatte ich sein T-Shirt ausgezogen und fingerte entschlossen am Hosengürtel herum.

»Hey, nicht so stürmisch. Was ist denn mit dir los?«, fragte er überrascht, doch in seinen Augen sah ich bereits das Feuer der Begierde auflodern.

»Ich will dich einfach. Ich bin so geil auf deinen Schwanz.«

Mittlerweile hatte er die Schuhe in die Ecke gekickt. Ich öffnete seine Hose und zog sie herunter. Mit zwei Handgriffen hatte ich ihn obendrein von seiner Boxershorts befreit und Volkers Prügel wippte vor mir auf und ab. Sofort griff ich danach und ließ meine Finger über die gesamte Länge des Phallus gleiten.

»Hm, das habe ich vermisst, Christin.«

»Wir sollten wieder häufiger Sex haben«, raunte ich zurück. Er nickte zustimmend und ich kniete mich vor ihm hin, leckte tupfend die Penisspitze. Er stöhnte bei jeder Berührung auf.

»Lass dich fallen, Liebster. Ich werde dich jetzt verwöhnen.« Genüsslich stülpte ich die Lippen um die glänzende Speerspitze, saugte die ersten Lusttropfen auf. Ganz tief ließ ich den pochenden Schwanz im Rachen verschwinden, ehe ich nach Luft schnappend zurückwich und erneut die Eichel umspielte. Nachdem seine Rute zum Bersten gespannt war, erhob ich mich und lehnte mich an die gegenüberliegende Wand. Langsam zog ich den Pulli über den Kopf, schlüpfte aus dem Glockenrock.

Splitternackt standen wir uns gegenüber. Tief schauten wir uns in die Augen, ehe ich Volkers aufrecht stehenden Lümmel ergriff und ihn hinter mir her in die Küche zog. Ich hüpfte auf den Küchentisch in der Mitte des Raumes, stellte die Füße dicht an den Po und spreizte lasziv die Oberschenkel.

»Komm, her, ich will jetzt von dir gefickt werden, schieb mir die Stange endlich rein. Ich will, dass du es deiner kleinen Ehestute ordentlich besorgst.« Dabei streichelte ich mir einladend die klatschnasse Muschi.

»Das kannst du haben, du geiles Luder«, zischte Volker und trat an den Tisch heran, direkt zwischen meine abgespreizten Beine.

Ich streckte sie hoch in die Luft und rutschte mit dem Gesäß noch dichter an die Tischkante. Er nahm seinen Schwanz in die Hand und strich mir mit der Eichel durch die Spalte. Ich schrie vor Lust auf. Ganz langsam drückte er mit der Speerspitze die Schamlippen auseinander. Ich hielt den Atem an, während er genüsslich die Spitze in mir versengte.

»Ah ist das geil. Ja, treib ihn mir tiefer rein.« Ich hob den Kopf an, um zu sehen, wie er weiter in mich eindrang, und wimmerte vor Begierde.

Erst, als sich unsere Hüftknochen berührten, stöhnte auch Volker erleichtert auf. »Oh, Christin. Ich hatte fast vergessen, wie knalleng du bist.«

Bedächtig zog er den Schwanz aus mir raus. Als nur noch die Eichel von den Schamlippen umschlossen war, stieß er abermals zu. Ich war kurz vorm Explodieren, zu geil war dieses Gefühl. Volker genoss das Spiel und kostete die überlegene Position vollkommen aus. Immer wieder stoppte er, damit ich nicht zu früh kam. Wimmernd warf ich den Kopf hin und her, mein Oberkörper bäumte sich auf vor Geilheit.

Als er den pulsierenden Phallus wiederum komplett hineingeschoben hatte, verkrampfte die Scheidenmuskulatur und ich kam endlich. Ich wollte die Lust herausschreien, aber ich konnte nicht. Stattdessen röchelte ich nur. Dieser Orgasmus raubte mir den Atem, zuckend lag ich auf dem Küchentisch.

Als der Höhepunkt nachließ, wiederholte er sein perfides Spiel. Er zog sich zurück, um dann ebenso langsam wieder zu penetrieren. Doch ich wollte nicht mehr warten.

»Volker hör auf, mich zu quälen, und fick mich endlich.«

Wortlos erhöhte er das Tempo.

»Ja, schneller!«, stöhnte ich und sah, wie es auch ihm immer schwerer fiel, den Orgasmus zurückzuhalten.

Aber noch war er nicht so weit. Was jetzt folgte, war ein Staccato aus seinen Lenden. Wie eine Säge stieß er zu, meine Beine zappelten unkontrolliert in der Luft. Volker legte die Hände auf meine Oberschenkel und bei jedem Stoß zog er mich zu sich ran. Durch unsere Säfte rutschte mein Po ungehindert auf dem Tisch hin und her. Ich richtete mich jetzt auf, um ihn zu küssen. Schwer atmend erwiderte er ihn. Immer ungestümer stieß er zu.

Ich kam ein weiteres Mal. Die Kontraktionen der Scheidenmuskeln gaben auch ihm den Rest. Er grunzte heftig und ich spürte, wie die ersten Strahlen der Sahne tief in meine Spalte schossen. Ich stützte mich mit den Händen hinten ab. Mein Becken zuckte vor und zurück, während Volker in kraftvollen Schüben den Höhepunkt genoss.

Schweißgebadet und völlig erschöpft umarmten wir uns leidenschaftlich, unsere Zungen verschmolzen in einem glühenden Tanz. Volkers Riemen steckte noch bis zum Anschlag in der triefenden Lustgrotte. Als er sich vorsichtig wieder in mir bewegte, perlten auch die ersten Liebestropfen aus mir heraus auf den Küchenboden. Sein Glied rutschte aus der Scheide und baumelte völlig verschmiert zwischen seinen Oberschenkeln.

Volker grinste mich an und kniete sich anschließend vor den Tisch. Noch immer hatte ich die Schenkel leicht gespreizt, sodass er tief in die Muschi schauen konnte. Zügig setzte er meine Beine auf den Schultern ab, leckte mir genüsslich durch die Spalte und sog die Säfte auf.

Ich saß auf dem Küchentisch, legte die Hände auf seinen Kopf und wühlte mit den Fingern durch die Haare. Aufseufzend genoss ich die Intimitäten, ließ mich davontragen.

Bereits nach kurzer Zeit hatte er mich zu einem weiteren Höhepunkt stimuliert. Wir umarmten uns innig, schwelgten im Augenblick.

»Christin, du bist wundervoll. Ich liebe dich«, raunte Volker dicht an meinem Ohr, brachte die Haut erneut zum Prickeln. »Der fantastische Sex gerade eben, das müssen wir unbedingt wieder häufiger machen. Ich will mehr von dieser hemmungslosen, leidenschaftlichen Frau.«

Er knabberte zärtlich an meinem Ohrläppchen und ich seufzte glücklich.

»Ich liebe dich auch, mein Schatz. Dich kann kein anderer Mann auf der Welt ersetzen«, hauchte ich zurück und kuschelte mich an ihn.

»Das wollte ich hören«, grinste er und drückte mich ganz fest.

Bücher von Sannah Scott

✳ ✳ ✳

WAS FRAUEN BEGEHREN-REIHE

Was Frauen begehren ist eine knisternde Buch-Reihe über starke Frauen, die ihre Fantasien ergründen und dabei so einige Abenteuer erleben, aber auch vor schwierige Entscheidungen gestellt werden. Jeder Band ist eine in sich abgeschlossene Geschichte und kann unabhängig von den anderen Bänden gelesen werden. Die erotischen Romane richten sich an Frauen (und neugierige Männer), die prickelnden Lesespaß genießen, einfach gerne mal abtauchen und die Welt um sich herum vergessen möchten.

Was Frauen begehren - Seduce (Band 1)
Was Frauen begehren - In Love (Band 2)
Was Frauen begehren - Sensual (Band 3)

2021 erscheint:
Was Frauen begehren - To Obey (Band 4)

Emilia Hayes ist jung, reich und verliebt. Sie ist eine 22-jährige Kunststudentin, der es auf den ersten Blick kaum besser gehen könnte. Doch natürlich versteckt sich ein Problem hinter der anscheinend perfekten Fassade. Emilia wohnt seit kurzem mit ihrer großen Liebe Marc Hansen in einem luxuriösen Penthouse in der Hamburger-Hafencity. Das Liebesleben der beiden ist allerdings alles andere als traumhaft. Emilia würde daran gern einiges ändern. Dieser Wunsch ist der Start einer sinnlichen Selbstfindungsreise, auf der die junge Frau ungeahnte Wege einschlägt, um ihr Ziel zu erreichen.

Was Frauen begehren - In Love

Die junge Philippa Lehmann ist seit kurzem Marketing-Leiterin in einem renommierten Hamburger Konzern, als sich hoher Besuch ankündigt. Der Europa-Direktor aus San Francisco, Jayden Miller, wird für eine Woche ein wichtiges Projekt in dem Tochter-Konzern leiten. Niemand hat jedoch damit gerechnet, dass auch eine leidenschaftliche Affäre zwischen Philippa und dem charmanten Jayden beginnen würde. Sie versuchen, ihre Affäre geheim zu halten, denn sie möchten keinen Skandal im Unternehmen verursachen. Allerdings hat auch die PR-Leiterin Lea Bauer ihre Finger im Spiel. Ist alles nur ein erotisches Abenteuer oder sind am Ende echte Gefühle mit im Spiel?

Trotz ihrer ausgezeichneten Qualifikationen, dank denen sie viel bessere Berufe ausüben könnte, arbeitet Ellen als einfache Sekretärin. Dies hat auch einen guten Grund: Sie hat eine verdorbene Seite, die ihrem Boss zugutekommt: Sie genießt es, ihren Boss auf eher ungewöhnliche Weise zufrieden zu stellen - in allen Belangen. Es gefällt ihr, begehrt zu werden. In ihrem neuen Job kommt nichts dazwischen. Hier kann sie endlich ihre Wünsche ungehemmt ausleben. Wer leidenschaftliche Geschichten genießt, in denen es vor allem um Unterwerfung und Machtspiele geht, der ist hier an der richtigen Adresse.